움직임

움직임

조경란 소설

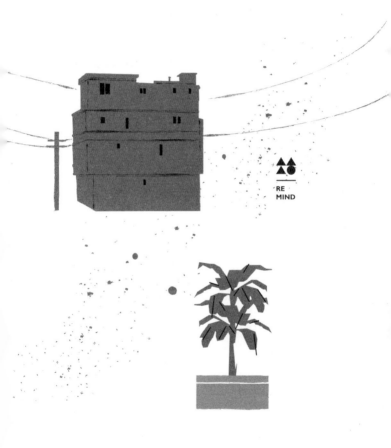

RE
MIND

작가
정신

개정판을 내기 위해 교정지를 읽는 내내 『움직임』을 쓰던 이십칠 년 전의 시간이 생생하게 떠올랐습니다. 가을이었는데 매일 집을 나와 목적지 없이 걸어 다녔습니다. 어떤 작은 인물들의 이야기를 그릴 수 있을까, 고민하면서 말입니다. 그러다가 저에게 가장 중요하고 오래 붙들고 싶은 문학적 주제가 가족이라는 사실을 새삼 깨닫게 되었습니다. 그렇게 이 책을 썼고, 그러는 동안 고단하고 불안했던 저의 이십 대를 무사히 마무리할 수 있었습니다.

이 소설의 중심인물인 스무 살의 이경에게 조금은 밝은 집, 밝은 미래를 줄 수도 있었을 텐데, 하는 아쉬움도 듭니다. 지금도 어딘가에 이경처럼 불안한 가족, 불안한 집, 불안한 미래를 껴안고 혼자 아파하는 이십 대가 있을 거라고 짐작합니다. 이러한 마음들이 겹쳐, 교정을 보다가 슬쩍 한 줄을 새로 써넣었습니다. 그렇게 쓰고 나니 늦었지만 이제야 이경에게 제대로 된 삶의 한 방향을 열어준 것 같아 마음이 놓입니다.

　내용에 '장님'이란 표현이 나오는데 '시각장애인'으로 수정할까 하다가 그대로 두었습니다. 그 시절만 해도 시각장애인이란 용어가 보편화되지 않은데다 소설의 인물들이 그 단어를 비하의 의미로 쓴 게 아니어서 이런 결정을 하게 되었다는 말을 여기에 남깁니다.

　이 소설을 떠올리면 작고한 두 분의 선생님이 떠오릅니다. 소설가 최인호 선생님께서 어느 날 라디오 문학 프로그램에 출연하며 후배 작가를 초대하는 시간에 저를 불렀습니다. 『움직임』을 잘 읽었다고, 신인만이 쓸 수 있는 소설을 썼다며 그 후로도 자주 격려해주셨습니다. 또 한 분은 이 책의 해설을 맡아준 김미현 평론가입니다. 어느 날 문학의 효용에 관해 쓴 마음 아픈 평론을 읽게 되었고 저는 그 날 밤 김미현 평론가에게 긴 손편지를 써서 보냈습니다. 문학의 효용을 묻는 이 시대에 문학의 가치를 믿고 서로의 길을 묵묵히 가자는 답장을 받은 기억이 납니다. 문학文學이라는 말만으로도 가슴이 뜨거워지고, 더 필요한 것이 없게 느껴지던 시절의 이야기입니다. 해설을 다시 읽어보니 김미현 평론가는 아주 정확하게 저의 작가적 지표를 알고 있었다는 걸 발견하곤 놀랐습니다. "집을 두고 떠나지 않기, 집과 함께 움직이기, 그래서 움직이지 않은 것 같아도 앞으로 나아가 있기"를 말하는 부분에서는 더욱 그랬습니다. 그 시절부터 저는 문학 안에서 가족이라는 희미하고 약한 불을 어떻게든 계속 지피고 싶어 했던 모양입니다.

『움직임』을 쓴 이후 저는 곧이어 가족에 대한 장편소설을 썼고, 지금도 그러한 이야기를 계속 쓰는 사람이 되었습니다. 여전히 집을 떠나지 않고서 말입니다. 가족이라는 주제는 제 문학의 시작이었고, 그 출발의 책이 바로 『움직임』입니다. 스무 살의 이경이 자신의 젊은 삶 쪽으로 한 걸음씩 움직여 나아가기를 바라며 교정을 마쳤습니다. 그 이야기가 개정판으로 다시 독자들을 만나게 돼 기쁩니다.

2024년 4월
조경란

초판 작가의 말

　『움직임』은 1997년 가을에 쓴 소설이다. 하늘은 흐렸고 갑자기 기온이 뚝 떨어졌다. 20세기 마지막 개기일식이 있었고 검은색 정장을 차려입은 나는 주머니에 손을 찌른 채 시내를 마냥 돌아다녔다. 그 즈음 혼자 영화를 보고 나와 사먹었던 일본식 우동 한 그릇이 기억난다. 아마도 내가 기억하는 것은 우동의 맛이 아니라 내 안경알을 뿌옇게 만들었던 그 뜨거운 훈김일 것이다. 환절기 내내 지속되었던 우울하고 긴 산책 끝에 『움직임』을 써나가기 시작했다.

　때로는 저도 모르게 인물이나 이미지 혹은 서사에 유독 집착하게 될 때가 있다. 소설을 쓰기 전에 늘상 그렇듯 이번 글의 배경으로 쓸 지도부터 그렸다. 사다리와 다락방이 있는 방, 마당, 목욕탕집, 길, 다리, 강물, 역사驛舍 그리고 벽돌공장.

어렸을 적 나는 이모의 손을 꼭 쥐고 그 다리를 건너 할아버지의 벽돌공장으로 간 기억이 있다. 그때 내가 다른 한 손에 쥐고 있었던 건 한 움큼의 강아지풀이었을까 아니면 초록색 메뚜기들을 잡아넣은 유리병이었을까. 은색 체인이 달린 자전거를 탄 사람들이 다리 위로 지나다녔다. 아니다. 나는 그곳에 아주 가본 적이 없다.

이를테면 이 소설은 나에게 내 방식대로의 '공간소설'인 셈이다.

마지막 문장을 끝낸 얼마 후쯤 나는 홀연히 깨닫게 되었다. 흩어진 점들. 그러나 그것은 결국 하나의 선線이라는 아주 사소한 사실 하나를.

1998년 가을
조경란

차례

나에게 새 가족이 생겼다. 밥상을 차려놓고 식구들을 기다린다. 상 위에는 네 벌의 수저가 놓여 있다. 나는 혼자 밥을 먹고 아침이면 혼자 어두운 방 안에 남겨진다. 벽을 타고 윗층으로 이어져 있는 파이프관에서 웅웅거리는 소리가 들린다. 목욕탕집 밖으로 나 있는 현관문으로 목욕가방을 든 사람들이 들기 시작할 시간이다. 허름한 외벽 때문에 물이 흐르는 파이프관 소리는 점점 더 요란하게 들린다. 강물이 범람해 방 안으로 쏟아져 들어오는 듯한 착각이 일기도 한다. 샛강은 언저리부터 썩어들고 있다. 뱀처럼 가늘고 긴 강이다. 이곳은 늘 습기

로 가득 차 있다. 전쟁이 휩쓸고 지나간 것처럼 고
즈넉하고 사람들의 표정은 어둡고 을씨년스럽다.
그 모든 것은 강 때문이다. 언제부터인가 강물은 썩
고 있다. 썩어가는 물 위로 다리며 공장들이 들어섰
다. 목욕탕집 일 층에는 여섯 가구가 세 들어 산다.
이 층은 여탕과 남탕이, 삼 층에는 안마시술소가 있
다. 여섯 가구가 한 개의 공중화장실을 쓰고는 있지
만 그들의 얼굴을 모두 본 적은 없다. 물 새는 소리
가 잦아들 때쯤 일 층에 세 사는 다섯 개의 방들에
서는 텔레비전 소리가 시작된다. 앞방 남자 방에는
텔레비전이 없다. 그 소리가 끝나면 어느새 자정이
훌쩍 넘어 있다. 나는 이모의 신음소리에 잠에서 깨
어난다. 이모는 외국어가 쓰인 책에 얼굴을 파묻고
잠들어 있다. 이모의 키는 나보다 훨씬 작다. 운동
화를 신은 나보다 한 이십 센티미터쯤 작아 보인다.
이모는 흉몽에 시달리는지 팔까지 버둥거린다. 밥
상은 여태도 윗목에 놓였고 밥을 먹은 흔적은 없다.
이모. 나는 슬며시 이모의 어깨를 흔들어본다. 그래
도 이모는 잠에서 깨어나지 못하고 입술을 달싹거리
고 있다. 엄마도 잠을 깊게 자지 못하고 저렇게 밤

내내 끙끙 앓는 소리를 내곤 하였다. 엄마의 얼굴은
잔뜩 일그러져 있고 미간에는 날카로운 주름이 그
어져 있다. 나는 뜨겁게 달군 다리미로 엄마의 미
간 사이를 싹 밀어버리고 싶었다. 그러면 깨끗해지
지 않을까. 이모의 그런 모습은 엄마를 빼닮아 있다.
엄마. 이모의 어깨를 흔들며 이모를 부른다. 엄마
를 불러본다. 엄마의 신음소리를 더 이상 듣지 못하
게 될 무렵 나는 외할아버지 손에 이끌려 이 목욕탕
집으로 왔다. 저녁 기차를 탔다. 이모는 신음소리를
그치고 반듯하게 돌아눕는다. 머리맡에 있는 책들
을 접어놓고 이불을 덮어준다. 잠결에도 이모는 볼
펜을 꽉 그러쥐고 있다. 이모는 퇴근 후에 늘 가슴
팍에 베개를 받치고 엎드려 공부를 한다. 귀에 꽂힌
이어폰에서는 낯선 외국어가 흘러나온다. 이모에
게는 책상이 필요하다. 이 집에서 책상을 대신할 만
한 것은 포마이카 밥상밖에 없다. 밥상에서는 비린
내가 나고 고춧가루가 들러붙어 있다. 단단한 전나
무로 만들어진 책상을 사고 싶다. 다락방에서 새어
나오는 희미한 스탠드 불빛이 방 안에 어릿거린다.
잠들어 있던 사이에 삼촌이 돌아온 모양이다. 삼촌

은 늑막염에 걸렸다. 등허리께 어디쯤 새끼손가락만 한 물혹이 달려 있다고 한다. 매일 한 움큼씩 알약을 털어넣는다. 할아버지는 보이지 않는다. 어디선가 술추렴을 하며 젓가락을 두드리고 있을 것이다. 아니면 벽돌공장 안에 있는 천막에서 잠을 자고 있거나. 약속이나 한 듯 할아버지가 집에 있을 때는 삼촌이 들어오지 않는다. 다락방에서는 부스럭거리는 소리조차 들리지 않는다. 나는 이모 옆구리에 얼굴을 묻고 눈을 감는다. 이모에게선 향긋한 비누 냄새가 난다. 외가쪽 사람들은 대체로 말이 없는 편이다. 아예 목소리를 잃어버린 사람들 같다. 그들이 말을 할 때는 서로 뺨을 후려치며 싸울 때가 거의 전부다. 이제는 무심코라도 외가쪽 사람들, 이라고 말해서는 안 된다. 나의 새로운 가족들이다. 아니다. 차라리 가족이라는 허울을 뒤집어쓴 이상한 동물원이라고 말하는 게 정확하다.

할아버지는 호박전을 좋아한다. 나는 부엌 바닥에 쪼그리고 앉아 애호박을 얇게 썰기 시작한다. 한여름인데도 부엌 바닥은 습하고 잿빛 벌레들이 기

16

어다닌다. 내가 오기 전부터 부엌 시멘트 바닥에 깔아놓은 장판은 구멍이 나고 해져 있었다. 하지만 아무도 부엌 장판에 신경 쓰는 사람은 없다. 나는 못 본 척 고개를 돌려버린다. 냉장고 야채실에는 다행히 붉은 고추도 있다. 초록 고추와 붉은 고추를 작은 마름모꼴로 썬다. 밀가루와 달걀물을 입힌 호박 위에 모양을 낸 고추를 올려놓는다. 노란 호박전 가운데 청, 홍 고추가 화사하다. 아침에 호박전을 부칠 때는 내 기분이 그런대로 괜찮다는 뜻이다. 어떤 날은 숭덩숭덩 썬 호박을 밀가루도 입히지 않고 프라이팬에 그냥 올려놓을 때도 있다. 그것도 성가실 적에는 달걀 프라이를 올린 밥과 김치만 싸가기도 한다. 그래도 할아버지는 밥 한 톨 남기는 법이 없다. 삼촌은 늘 도시락을 절반쯤 남긴다. 삼촌의 얼굴은 누렇게 들떠 있다. 반찬통에 호박전을 담고 콩자반과 김치를 곁들인다. 김치에서는 쉬척지근한 냄새가 풍긴다. 삼촌은 신김치를 싫어한다. 이모는 금방 담근 김치는 젓가락도 대지 않는다. 모두들 식성이 제각각이다. 며칠 있으면 이모 월급날이다. 새로 김치를 담가야 한다. 신경을 썼는데도 불구하고 도시락 반찬은 몹시도 조야해 보인다. 마당에는 아무도 없다. 하루 중 가장 적요로운 시간이다. 목욕탕집에 세 든 사람들은 할아버지처럼 부지런하다. 여자나 남자나 할 것 없이 이른 아침에 나갔다가 저녁이 돼서야 돌아온다. 집에 남아 있는 사람은 윗층 목욕탕집 주인 아주머니하고 나밖에 없다. 아주머니는 목욕탕 입구 반 평도 안 되는 내실에 앉아 목욕요금을 받고 하루 종일 텔레비전을 본다. 아주 가끔은 앞방 남자도 방을 지킬 때가 있다. 비가 내리는 날이나 첫 번째 세 번째 일요일. 그런 날이면 남자가 방문을 열어놓고 신문을 읽는 걸 볼 수 있다. 목욕탕집에 세 든 가구 중에 신문을 구독하는 사람은 남자밖에 없다. 나는 눈을 감고도 남자의 발소리를 구별해 낼 수 있다. 수돗가를 지나 남자 방 턱마루에 걸터 앉는다. 남자의 방은 우리 방과 다르게 쪽문도 없이 바로 방문 미닫이가 달려 있다. 허술한 문이다. 그래도 자물쇠는 달려 있다. 남자 방에는 부엌조차 따로 없다. 공동으로 쓰는 수돗가에서 설거지를 하고 빨래를 한다. 남자가 밥을 지어 먹는 것을 본 적은 없다. 나는 잠결에도 라면 냄새만 나면 몸을 벌떡 일

으킨다. 그가 돌아왔다는 게 분명해졌기 때문이다. 그의 방은 맞은편에 있는 우리 방보다 훨씬 방값이 헐하다. 나는 그 이유가 부엌이 따로 달려 있지 않아서라는 것을 잘 안다. 그리고 우리 방에는 다락방도 있고 그의 방보다 조금 더 넓은 편이다. 가만히 방문을 밀어본다. 자물쇠로 꼭 채워져 있는 방문은 삼 센티미터쯤 벌어졌다가 멈춘다. 그 틈으로 눈을 들이민다. 나는 이미 그 방의 구조를 훤히 꿰고 있다. 치마 주머니에 손을 넣어본다. 열쇠의 차가운 감촉이 손끝에 전해진다. 대문 옆에 있는 화단 앞에서 발을 멈춘다. 이 목욕탕집에 처음 왔을 때 내게 유일하게 위안이 됐던 건 이 화단뿐이었다. 사과 궤짝만 한 작은 화단에는 담배꽁초와 빵봉지들이 널려 있다. 나는 매일매일 화단에 물을 주고 쓰레기들을 골라낸다. 지금은 분꽃, 채송화가 한창이다. 곧 봉숭아도 몽우리를 터뜨릴 것 같다. 봉숭아 씨앗을 너무 늦게 뿌렸다. 그래도 가을이 오기 전에는 꽃이 필 것이다. 그러면 손톱에 봉숭아 꽃물도 들일 수 있다. 화단이 한 뼘만 더 넓었더라면 그 곁에 고추나 애호박 같은 것들을 심었을 것이다. 머루알만 한 꽃몽우리를 손끝으로 한번 툭 친다. 꽃모가지가 가볍게 흔들흔들거린다. 자전거가 보이지 않는다. 할아버지가 자전거를 타고 갔나 보다. 나는 걸어서 벽돌공장까지 가야 한다. 도시락 보자기를 단단히 움켜쥔다. 주의를 기울이지 않으면 김칫국물이 흐르기 때문이다. 삼촌은 김칫국물에 전 밥은 먹지 않는다. 그러면 공장 옆에 있는 가게에서 빵과 우유를 사와야 한다. 샛강을 건너기 전에 나는 안경 벗는 것을 잊지 않는다. 될 수 있는 대로 천천히 다리를 지난다. 안경을 벗고 강물을 내려다보면 그저 짙푸르고 맑은 물이다. 강은 언저리부터 썩어가고 있다. 악취도 날로 심해진다. 강을 지날 때면 늘 안경을 벗는다. 강물이 썩고 있다는 걸 발견한 날부터 시작된 버릇이다. 다리를 건너 강에서 오 분쯤 더 걸어가면 할아버지의 벽돌공장이 나온다. 목공소를 지나고 일 년 내내 불빛이 새어나오지 않는다는 공장을 지난다. 그래도 저녁 무렵이면 공장 안에서 사내들이 몰려나온다. 그들은 말이 없다. 그 공장 안에서 무엇이 만들어지고 있는지 아는 사람은 아무도 없다고 한다. 공장 옆에는 이 소도시에서 가장 높은 건물이 지어지고 있다. 공사가 한창이다. 스무 살의 나는 가슴을 쑥 내밀고 고개를 들어 올린다. 앞방 남자의 등허리와 엉덩이, 그리고 늘어진 두 다리가 보인다. 텔레비전에서 본 인디언 남자처럼 튼튼해 보이는 몸이다. 남자는 유리창을 닦는다. 유리를 끼우고 창을 닦고 또 무슨 일을 하는지는 알 수 없다. 하지만 남자가 저렇게 높다란 곳에 매달려서 유리창을 닦고 있는 걸 자주 본다. 남자 허리를 칭칭 동여맨 안전줄이 명주실처럼 가느다랗게 보인다. 작은 목소리로 허공에 매달려 있는 남자의 이름을 불러본다. 남자는 돌아보지 않는다. 나는 아무렇지도 않다. 내 목소리가 남자 귀에 들릴 만한 거리였더라면 결코 그 이름을 부르지 않았을 것이다. 남자에게 아직 내 목소리와 내 존재를 알리고 싶지 않다. 남자가 옆구리에 부착된 줄을 만지는가 싶더니 푸르륵 더 높은 곳으로 올라가버린다. 가벼운 공처럼 남자의 육체는 탄력적이다. 나는 더 크게 남자의 이름을 부른다. 내 입술에서 휘파람 소리가 새나오고 있다. 벽돌공장은 허허벌판이다. 할아버지는 허가도 없이 맨땅에 벽돌공장을 차렸다. 내가 이곳에 오기 얼마 전이라고 들었다. 푸른색 비닐 천막이 하나 서 있을 뿐 공장이라고 말하기도 힘들다. 체를 내려야 하는 시멘트와 모랫더미가 우북하게 쌓여 있다. 양쪽 어깨에 파스를 붙인 할아버지와 삼촌은 하루 종일 땡볕에 서서 일한다. 그늘에 앉아 있을 때는 입고 있는 흰 러닝셔츠만 보일 만큼 할아버지는 검게 그을렸다. 삼촌 얼굴은 매양 누렇다. 벽돌공장에 들어서자마자 코를 벌리고 큰 숨부터 내쉬어본다. 이곳에서는 목욕탕집이나 다리 위에 서서 맡아보는 강 냄새와는 또 다른 냄새가 난다. 어디 먼 이국의 사막에서 나는 냄새가 이렇지 않을까 싶은 짐작이 든다. 아마도 그건 시멘트보다 훨씬 더 많이 쌓여 있는 모래 냄새 때문일 것이다. 나는 할아버지가 시멘트보다 모래를 더 많이 섞어서 블록벽돌을 만들고 있다는 걸 안다. 시멘트와 모래를 갠 흙덩이를 거푸집에 넣고 밀대로 윗면을 싹 쓸어낸다. 그늘에서 잘 말렸다가 거푸집을 빼내면 반듯반듯한 블록벽돌이 만들어진다. 할아버지가 찍어낸 블록벽돌은 결코 단단하지 않다. 내가 운동화 앞부리로 툭 차기만 해도 팍삭 반으로 갈라져버린다. 모랫가루들이 부슬부슬 떨어진다. 할아버지와 삼촌이 만든 벽돌로 지은 집이나 담벼락은 금방 무너질 것이다. 그런데도 어디선가 끊임없이 사람들이 소형 트럭이나 리어카를 끌고 와서 벽돌을 실어간다. 할아버지는 그들에게 돈을 받는다. 우리는 그 돈으로 쌀을 사고 방세를 지불한다.

니, 벌써 왔나. 거푸집을 밀대로 누르고 있던 할아버지가 힐끔 나를 쳐다보고는 한마디 한다. 할아버지는 내가 언제나 똑같은 시간에 도시락을 들고 온다는 걸 잘 알고 있다. 그러면서도 첫마디는 언제나 니 벌써 왔나, 다. 나는 정각 한 시에 벽돌공장에 도착한다. 그리고 할아버지와 삼촌이 밥 먹는 것을 기다렸다가 빈 도시락을 들고 공장을 나선다. 별다른 일이 없으면 한 시 사십 분쯤 역사驛舍 대합실에 앉아 있다. 나는 이제 막 도착한 이방인처럼 낯선 눈길로 역사를 돌아본다. 언제나처럼 드문드문 기차를 기다리는 사람들밖에 없다. 이곳에서는 하루에 두 번 이웃 도시를 지나 서울로 떠나는 기차가 들어온다. 나는 한 번도 그 시간표를 쳐다본 적이 없다. 수암역水岩驛이라고 쓰인 간판은 글자가 희미하게 지워져 있다. 내가 태어나기 이전부터 걸려 있던 글자들인지도 모른다. 손에 든 빈 도시락가방은 죽은 새처럼 가볍다. 오늘은 삼촌도 도시락을 다 비웠나 보다. 솜씨를 부려 호박전 부치길 잘했다. 언젠가 이렇게 대합실 빈 의자에 앉아 있다가 삼촌을 본 적이 있다. 역사로 들어오는 사람이 삼촌이라는 걸 알아 차린 순간 나는 재빨리 커다란 기둥 뒤로 몸을 숨겼 다. 집이 아닌 다른 장소에서 가족 중 누구와 부딪 친다는 게 얼마나 낯설고 어색한지를 잘 알고 있었 기 때문이다. 이상하게도 가슴이 쿵쿵 뛰었다. 삼촌 은 나처럼 기차 시간표도 보지 않고 한참을 그대로 서성거렸다. 누군가를 기다리는 것 같기도 했고 금 방이라도 이곳을 떠날 사람처럼 보이기도 했다. 아 니다. 삼촌은 그저 병을 앓고 있는 나약한 환자처럼 보였을 뿐이다. 삼촌은 바지 주머니에 한 손을 찌른 채 담배를 두 대 피웠다. 꽁초를 철로 쪽으로 휙 내 던졌다. 그리고 삼촌은 컴컴한 얼굴로 역사를 빠져 나갔다. 역사 입구에서 나는 삼촌이 고개를 떨구는 것을 놓치지 않았다. 공연히 미추골께가 쿡쿡 쑤셔 왔다. 그날 밤 삼촌은 또 집에 들어오지 않았다. 나 는 역사에서 삼촌을 보았다는 말을 아무에게도 하

지 않았다. 그러자면 나도 역사에 나갔었다는 말을
하지 않으면 안 되기 때문이다. 그럴 만큼 나는 할
아버지나 이모와 가깝지 않다. 그들과 가까워지기
위해선 아직 시간이 더 필요하다. 이 역에는 역장도
없고 역을 관리하는 사람 하나 눈에 띄지 않는다. 어
쩌면 십만분의 일 지도에도 표시되어 있지 않은 역
일지도 모른다. 역은 한여름인데도 고즈넉하고 황
량하기조차 하다. 늦여름 오후의 햇살만이 강렬하
게 쏟아지고 있을 따름이다. 눈두덩이 따끔거린다.
손바닥으로 차양을 쳐 얼굴로 쏟아지는 햇빛을 가린
다. 나도 기차를 타고 이 역에서 내렸었다. 벌써 아
주 오래된 기억 같다. 그동안 시간이 얼마나 흘렀는
지 나는 헤아리지 않는다. 먼 데서 기적소리가 들린
다. 얼결에 빈 도시락가방을 힘주어 틀어쥔다. 기차
가 들어오고 있다. 나는 성급히 자리에서 일어난다.

　　나는 아직도 그녀를 삼촌의 여자라 생각하지 않
는다. 그것은 할아버지나 이모도 마찬가지다. 처음
이곳에 왔을 때도 한눈에 외가 식구들이 그녀를 달
가워하지 않는다는 걸 느낄 수 있었다. 삼촌보다 그

녀를 더 싫어하는 사람은 이모다. 퇴근 후에 이모
는 그녀가 방에 와 있는 것을 보면 가방도 내려놓
지 않고 나가버리기 일쑤다. 대문 앞에서 그녀가 나
가기를 기다렸다가 방에 들어온다. 그런 것을 번연
히 알면서도 그녀는 이 방 출입을 멈추지 않는다.
내가 온 후부터는 대개 삼촌이나 이모가 없는 낮 시
간을 이용한다. 외열이 식어가고 있는 시각이다. 방
안은 한낮에도 불을 켜지 않으면 안 될 정도로 어둡
다. 그녀가 부엌문을 밀고 들어오는 것을 보고서야
생각난 듯 전등 스위치를 올린다. 삼촌 일 나가셨어
요? 그녀는 열네 살이나 어린 나에게 꼭 경어를 사
용한다. 그녀는 삼촌보다 두 살 더 많다. 나는 삼촌
과 열두 살 차이가 난다. 대꾸도 없이 머쓱해하는
내 앞에 구두상자만 한 플라스틱 통을 내려놓는다.
꽤 묵직해 보이고 역한 냄새가 난다. 그녀는 빈손
으로 오는 적이 없다. 이게 뭐예요? 허리까지 내려
오는 긴 생머리를 뒤로 넘기며 그녀는 플라스틱 통
뚜껑을 연다. 플라스틱 통 안에는 금방 담근 듯한
김치가 얌전히 담겨 있다. 배추와 무, 오이를 젓국
에 절인 섞박지 김치다. 김치 떨어질 때 됐죠? 저녁

에 삼촌 오시면 이거 드리세요, 좋아하거든요. 내가
그 김치가 이름도 어려운 섞박지라고 금방 알아차
린 이유는 엄마 때문이다. 엄마도 종종 섞박지 김치
를 담그곤 하였다. 외가쪽 사람들이 즐겨먹는 김치
다. 젓국 냄새가 코를 찌른다. 나는 얼른 뚜껑을 덮
어버린다. 그녀는 엄마처럼 오이나 무를 납작납작
하게 썰지 않고 깍둑썰기를 했다. 섞박지 김치에 들
어가는 재료는 납작썰기를 해야 한다. 그녀는 삼 층
안마시술소의 안내원이다. 그녀는 장님이 아니다.
버릇처럼 그녀의 발을 흘긋 쳐다본다. 지난 초봄에
처음 보았을 때처럼 여전히 맨발이다. 아마도 그녀
는 한겨울에도 맨발로 다닐 것이다. 나는 그녀가 왜
양말이나 스타킹을 안 신는지 알고 있다. 어떻게 보
면 복성스럽게 생긴 데도 있지만 그녀는 뚱뚱하고
아름답지 않다. 긴 생머리는 윤기 없이 퍼슬거리고
머리카락 끝도 모두 갈라져 있다. 서른이 넘은 여자
의 긴 생머리는 왠지 불결하고 청승스럽게 느껴진
다. 게다가 눈썹에 푸른 문신까지 했다. 하지만 별다
른 심미안이 없는 내게도 그녀의 발가락만큼은 처
연한 감이 들도록 아름답다. 발가락은 유난히 희고

기름하다. 그 끝에 옥수수알 같은 작은 발톱들이 부끄러운 듯 붙어 있다. 아니 발톱이 아니라 작은 조가비 껍질들이 붙어 있는 것 같다. 발등은 내 젖가슴보다 하얗다. 그녀는 걸을 때도 나처럼 보폭이 큰 게 아니라 소리도 없이 사뿟사뿟 걷는다. 언제나 발가락이 드러나는 샌들을 신는다. 그녀는 자신의 발가락이 얼마나 아름다운지 이미 알고 있는 것이다. 삼촌도 그녀의 발가락이 저토록 아름답다는 걸 알고 있을까. 가끔 나는 삼촌에게 물어보고 싶다. 만약 내가 삼촌이었더라면 나는 밤새도록 그녀의 발가락들 하나하나에 입을 맞추며 잘근잘근 깨물 것이다. 엄마 발가락은 짧고 뭉툭하다. 손가락 하나가 쑥 들어갈 정도로 벌어지기까지 했다. 할아버지나 이모, 삼촌도 마찬가지다. 내 발가락 역시 그들과 별로 다르지 않다. 나는 첫눈에 그녀의 발가락에 매료되었다. 삼촌은 그녀가 와 있는 걸 보면 화부터 낸다. 욕지거리를 퍼붓고 그녀가 들고 온 음식물이나 포장도 안 벗긴 속옷들을 모두 내동댕이쳐버린다. 그러면 그녀는 부엌 바닥에 쭈그리고 앉아 흐느낀다. 비슷한 처지에 있는 사람들은 금방 서로를 알아보는 법이다. 그러나 나는 그녀와 내 처지가 비슷하다고는 생각하지 않는다. 차라리 그녀가 한 마리 개였더라면 하는 엉뚱한 생각을 한 적이 있다. 그러면 등을 쓰다듬어주거나 눈물을 닦아줄 수 있을 테니까 말이다. 나는 냉랭한 목소리로 이모 올 시간이에요, 라고 말한다. 그제야 그녀는 느릿느릿 몸을 펴고 일어나 마당으로 나간다. 오늘은 그녀가 시간을 잘못 맞췄다. 꽤 이른 시간인데 이모가 문을 밀고 들어온다. 어깨를 움찔거리더니 그녀가 화급히 일어선다. 그녀는 삼촌보다 이모를 더 두려워하는 것 같다. 이모가 왜 그렇게 그녀를 싫어하는지 나로서는 도무지 짐작할 수 없다. 그녀가 한 마리 개였더라도 이모는 그녀를 냉대했을까. 그녀를 보자마자 이모 눈초리는 금세 날카로워진다. 오셨어요, 아가씨. 그녀가 이모를 비켜서며 알은척을 한다. 그래봐야 이모의 딱딱한 표정은 풀리지 않는다. 나는 그녀가 안마 시술소에서 신는 실내용 슬리퍼를 왼쪽 오른쪽 바꿔 신는 것을 본다. 이것 봐요. 이모가 그녀와 엇갈려 방으로 들어오면서 그녀를 불러 세운다. 나는 마치 이모가 나를 부른 것처럼 후딱 이모를 돌아다본

다. 그녀도 마찬가지다. 그럴 수밖에 없다. 이모가
그녀를 부른 것은 이번이 처음이었으니까. 이모가
무거워 보이는 가방을 방바닥에 탁 내던져버린다.
그녀와 나는 긴장하며 이모에게서 눈을 떼지 않는
다. 제발 우리 오빠 이름 대고 외상 좀 하지 마세요.
이번 달에 영신상회 아줌마한테 준 돈이 얼만 줄 아
세요? 왜 그래요 대체. 돈 없으면 사먹지나 말지. 나
는 이모가 무슨 말을 하고 있는지 분간이 서지 않는
다. 외상이라니. 영신상회는 목욕탕 바로 옆에 붙어
있는 구멍가게다. 그런데 어쩐 일인지 이모의 그 한
마디에 그녀 얼굴은 구겨져버린다. 더 이상 할 말이
없다는 듯 이모는 방 문틀 위에 달려 있는 발을 길
게 내려버린다. 그, 그게 아니라…… 그녀가 두 손을
깍지 끼며 더듬거린다. 그래도 할 말은 있다고. 이모
는 차갑게 일갈해버린다. 나는 그녀의 등을 떠민다.
그녀는 슬리퍼를 바꿔 신은 줄도 모르고 이내 마당
을 나가버린다. 그러고 보니 산책을 나갈 때나 도시
락 심부름을 할 때 그녀가 영신상회에서 뭔가를 사
고 있거나 아예 가게에 앉아 삶은 달걀 같은 것들
을 먹고 있는 걸 종종 본 적이 있다. 내가 지나는 것

을 볼 때마다 불러 세워 우유나 비스킷 같은 것들을
제 것처럼 집어주기도 한다. 그런데 그녀는 왜 삼
촌 이름을 달고 외상을 했을까. 안마시술소는 늘 성
업 중이다. 그녀는 이모처럼 매달 월급을 받을 것이
다. 대문을 나서는 그녀의 비둔한 뒷모습이 몹시 초
라해 보인다. 정말 지긋지긋해. 이모가 옷을 갈아입
으며 뇌까린다. 아무래도 그녀는 한 마리 개였으면
좋았을걸 그랬다. 이게 뭐니? 밥상 앞에 앉자마자
이모는 젓가락을 내려놓는다. 그 여자가 가져온 거
지? 나는 왠지 이모를 똑바로 바라볼 수가 없다. 내
가 담근 김치가 아니라는 걸 잘 알 것이다. 그냥 먹
어, 이모. 풀 죽은 목소리로 간신히 말한다. 밥상 치
워라. 이모는 물 한 잔을 마신다. 그러고는 가방을
뒤적거려 외국어 교본을 꺼낸다. 다른 반찬도 있잖
아. 내 말을 들은 척도 하지 않는다. 하루 종일 농협
에서 돈을 세는 이모는 피곤하지도 않을까. 이모는
키도 작고 몸집도 왜소하다. 나는 그만 입을 다물고
혼자서 밥을 먹는다. 할아버지는 아직 돌아오지 않
았고 삼촌도 없다. 네 식구가 살지만 함께 밥상 앞
에 둘러앉은 기억은 없다. 모두 모여 식사를 한다는

건 고래나 염소 같은 포유류 동물이 하늘을 나는 것만큼이나 불가능하게 여겨진다. 밥상을 치우려는데 이모가 내 앞으로 무슨 책인가를 두어 권 던지듯 내려놓는다. 이게 뭐야 이모? 얼떨결에 책을 집어든다. 생활비를 줄 때만 제외하고 이모가 나에게 무언가를 건넨 적은 없다. 신이경, 너 그래도 고등학교 졸업장은 있어야 하잖아. 이모는 고개도 돌리지 않고 말한다. 이모는 언제나 내 이름을 성까지 붙여 부른다. 이경아, 이렇게 부르지 않는다. 이모는 상업고등학교를 나왔다. 나는 고등학교를 졸업하지 못했다. 내가 고등학교를 다 마치지 못한 건 단지 엄마가 돌아가셨기 때문만은 아니다. 갑자기 목울대가 뜨끈해진다. 이모가 건네준 책은 검정고시용 학습지다. 나는 그것을 푸드득 넘겨본다. 생전 처음 보는 언어들 같기만 하다. 얼른 밖으로 나가 설거지를 하고 싶다. 이모가 서운해하지 않도록 가만히 그 책들을 윗목으로 밀어놓는다. 이모도 내가 그것을 다시 펼쳐보지 않으리라는 것을 짐작하고 있을지 모른다. 이모는 꿈쩍도 하지 않고 공부에 몰입해 있다. 귀에는 이어폰을 꽂았다. 이모의 뒷모습은 전혀 엄마를 닦지 않았다. 설거지통에 그릇들을 담아놓고 마당으로 나간다. 부엌에도 수도가 있기는 하지만 수압이 약한 탓에 웬만해서는 잘 사용하지 않는다. 수돗가에는 설거지하는 셋방 여자들 세 명이 자리를 차지하고 있다. 수돗물 쏟아지는 소리, 그릇 닦는 소리에 마당 안은 북적거린다. 그나마 이 집에 아이들이 없는 게 다행이다. 주인 아주머니는 아이가 있는 사람들에게는 방을 세놓지 않는다. 수돗가에 그릇을 내려놓고 대문을 나간다. 화단에는 또 누군가가 던진 담배꽁초가 떨어져 있다. 저녁인데도 거리에는 뿌옇게 안개가 피어오른다. 지독한 악취가 풍긴다. 이 모든 것은 강 때문이다. 다리 저쪽에서 사람들이 자전거를 타고 집으로 돌아오고 있다. 그중에 할아버지나 삼촌은 보이지 않는다. 누군가를 기다리는 사람처럼 한참 동안 대문 앞을 서성거린다. 이윽고 나는 천천히 이 층 목욕탕으로 올라간다. 내실문을 톡톡 두드린다. 돈을 세고 있던 주인 아주머니가 굼뜨게 고개를 돌린다. 내일 와라, 지금 들어가면 때만 불리고 나와야 될 거다. 주머니에서 돈을 꺼내 아주머니에게 건넨다. 이게 무슨 돈이냐? 방세예요, 아줌마. 나는 주위를 살피며 은밀한 어조로 말한다. 목욕탕 입구로 계단을 올라오는 사람은 아무도 없다. 방세? 느네 아직 낼 때 안 됐는데. 심드렁한 목소리다. 그게 아니고, 저희 앞방 말예요. 그걸 왜 니가 내냐? 연둣빛 이태리 타월을 차곡차곡 접어 통에 담으며 아주머니가 묻는다. 심부름이에요. 밀린 삼 개월 치에서 우선 한 달 것만 드리라고…….

주인 아주머니가 남자 방에 대고 악쓰는 소리를 들었다. 이번 달에도 방세를 안 내면 아주 나갈 작정인지 알겠소. 꼭두새벽이었다. 남자는 방 안에서 옴짝도 하지 않았다. 내가 보는 앞에서 아주머니는 침을 발라가며 꼼꼼히 돈을 세어본다. 꼭 십사만 원이다. 이모는 아직 눈치채지 못하고 있는 것 같다. 내가 이모 지갑에서 천 원씩 이천 원씩, 어떤 때는 몇백 원씩 표 안 나게 훔치고 있다는 것을. 그 돈은 내가 이곳에 온 날부터 지금까지 모은 돈이다. 그 돈으로 작은 책상을 사고 싶었다. 책상을 사고도 남을 돈이다. 하지만 나는 남자가 이 집을 떠나는 걸 원치 않는다. 그 남자를 잃고 싶지 않다.

다락방은 내가 붙인 이름이다. 외가쪽 사람들은 그 방을 천장방이라고 부른다. 천장과 방 사이의 공간을 이용해서 절반쯤 콘크리트를 치고 장판을 깔았다. 문도 따로 달려 있지 않다. 나처럼 잠버릇이 고약한 사람은 그 위에서 자다가 풀썩 떨어지기 십상이다. 삼촌은 한 번도 떨어진 적이 없다. 다락방에 올라가기 위해서는 사다리를 이용해야 한다. 사다리는 할아버지가 만들었다고 들었다. 한방에서 세 사람이 살기 위해서는 궁색하나마 그 다락방이 꼭 필요하다. 가족이라고는 하지만 이모와 삼촌은 성년이다. 늑막염에 걸린 후부터 삼촌이 그 방을 쓴다. 어쩌다 할아버지가 일찍 귀가했을 때 이모는 다락방에 올라가 속옷을 갈아입고 내려온다. 할아버지가 술주정을 할 때면 귀에 이어폰을 꽂고 다락방에 올라가 내려오지 않는다. 할아버지가 잠든 후에야 인상을 찌푸리며 사다리를 타고 내려온다. 나도 가끔 삼촌이 없는 대낮에 다락방에 올라가본다. 거기서 방 안을 내려다보면 그다지 높이가 있는 것도 아닌데도 머리가 어찔거린다. 다리 위에 서서 강물을 내려다볼 때와는 다르다. 그 방을 가득 채우고 있는 사물은 오래된 책들뿐이다. 달랑 이불만 한 채 깔려 있다. 그리고 재떨이와 라면박스에 담긴 옷가지들. 삼촌은 그 방에서 잠을 자고 약을 먹고 때로 술을 마시기도 한다. 그곳에서는 앉거나 누울 수밖에 없다. 삼촌이 다락방으로 올라가면 방 안에 비스듬히 놓여 있는 사다리를 치운다. 사다리를 치우지 않고서는 이불을 펼 수 없기 때문이다. 삼촌이 올라가고 사다리를 치우고 나면 그것으로 이 집의 하루가 끝나는 셈이다. 사다리를 치우면 삼촌은 다음 날 아침까지 그곳에서 내려올 수 없다. 뛰어내리는 방법밖에 없다. 새벽에 요의를 느껴도 화장실에 가기 불편하다. 그 밑에서 잠자는 할아버지나 이모, 나를 깨워야 하기 때문이다. 그래서 다락방에는 요강이 있다. 요강을 비우는 사람은 언제나 삼촌이다. 간혹 내가 다락방을 청소하거나 요강 비운 것을 알면 삼촌은 버럭 화를 낸다. 요강을 들고 수돗가로 가는 삼촌 모습은 완연한 병자다. 삼촌 오줌에서는 이상한 냄새가 난다. 색깔도 탁하고 뿌옇다. 나는 그 오줌을 화단에 뿌리고 싶다. 화단에는 거름이 필요하다. 일찍 일어나는 사람이 사다리를 도로 세워 놓아준다.

대개 할아버지나 이모다. 나는 항상 그들보다 늦게 일어나는 편이다. 사다리 두 번째 발디딤대 조임쇠가 허술해졌다는 걸 알아챈 사람은 아무도 없다. 그랬더라면 삼촌이 떨어지지는 않았을 것이다. 여느 때처럼 잠에서 깨어난 삼촌이 사다리를 내려오다가 방바닥으로 굴러떨어졌다. 삽시간의 일이다. 삼촌은 비명소리도 내지 않았다. 놀라서 소리 지른 건 그때까지도 이불 위에 누워 있던 나였다. 할아버지는 어젯밤 귀가하지 않았고 이모는 이미 출근한 후였다. 나는 벌떡 일어나 삼촌 곁으로 다가갔다. 삼촌 이마에서는 식은땀이 배어 나왔고 두 손으로 왼쪽 발목을 움켜쥐고 있었다. 아무래도 발목을 접질린 것 같았다. 삼촌 괜찮아요? 삼촌의 어깨를 흔들어보았다. 삼촌은 내 팔을 피하면서 인상을 구기며 일어섰다. 그러고는 절뚝거리는 걸음으로 사다리를 떠메어 방문 쪽으로 집어던졌다. 광폭한 힘이었다. 에이 씨발. 사다리에 걸린 얇은 발이 찢어져버렸다. 나는 어쩐지 눈물이 날 것만 같았다. 모든 것이 내 잘못인 듯하다. 사다리까지 미처 신경 쓰지 못했다. 사다리는 튼튼해 보였고 꽤 무거웠다. 아무도 부러질 줄 예상하지 못했을 것이다. 병원에 가봐야 되지 않아요? 기어들어가는 목소리가 된다. 삼촌은 깨금발로 부엌에 나가 물을 찾아 마시더니 훌쩍 나가버렸다. 아무래도 벽돌공장으로 가는 것 같지는 않다. 할아버지는 오늘 혼자서 벽돌을 찍어야 할 것이다. 나는 사다리를 만지작거린다. 사다리 두 번째 발디딤대 끝부분 나사가 풀어져 있다. 이럴 때 이모가 있었으면 좋았을걸 하는 생각이 든다. 아무도 필요할 때 곁에 있어주지 않는다. 누구의 배 속도 빌리지 않고 세상에 혼자 태어난 사람처럼 나는 여전히 혼자다. 삼촌은 돌아올까. 삼촌이 돌아오기 전에 사다리를 고쳐놓고 싶다. 내 힘으로는 어려워 보인다. 할아버지라면 할 수 있을 텐데. 나는 먼지를 떨어내고 방바닥을 닦는다. 썻어둔 그릇들을 다시 닦기도 한다. 이곳에서는 시간도 늘 완류로만 흐르고 있다. 시간을 견디기 위해서라면 무엇이라도 하지 않으면 안 된다. 이곳에서 내가 할 수 있는 일은 아무것도 없다. 나에게는 수입도 되고 고정적인 일거리가 필요하다. 이 작은 도시에서는 불가능한 일이다. 이 층 여자목욕탕에서 때나 민다면 모를까. 내가 하는 일이란 고작 외가쪽 사람들의 끼니를 챙겨주고 도시락 두 개를 싸는 것밖에 없다. 사다리는 방문 틀에 아무렇게나 내팽개쳐져 있다. 나는 찢어진 발도 떼어내지 않는다. 나 때문에 일어난 사고가 아니다. 속이 쓰라린다. 밥 먹을 생각도 나지 않는다. 이 집에서 세 끼를 찾아 먹는 사람은 나밖에 없다. 외가 식구들은 내가 만든 반찬은 잘 먹지 않는다. 나는 사다리를 부러뜨린 적이 없다. 사다리를 만든 사람은 내가 아니다. 할아버지다. 할아버지는 지금 없다. 삼촌은 왜 하필 나 혼자 있을 때 떨어졌을까. 나는 까닭없이 절뚝거리며 사다리를 들고 방을 나간다. 마당은 텅 비어 있다. 수도꼭지를 제대로 잠가놓지 않았는지 물이 똑똑 떨어지고 있다. 사다리를 내려놓고 수도를 꽉 잠근다. 주인 아주머니는 수돗세가 필요 이상 많이 나온다고 잔소리를 늘어놓는다. 내가 온 이후부터이다. 어쩌면 그 전부터 줄곧 그래 왔는지도 모른다. 내가 온 이후에 전기요금, 수돗세, 오물값을 더 받는다. 여름인데도 나는 목욕도 잘 하지 않는다. 일주일에 두 번씩 이 층 목욕탕에 가서 목욕을 한다. 세 들어 사는 사람들한테는 목욕요금이 할인된다. 주인 아주머니의 유일한 인심이다. 사다리를 질질 끌고 남자 방 앞으로 다가간다. 일부러 운동화로 쪽마루 끝을 툭툭 쳐본다. 기척이 있을 리 없다. 남자는 삼촌이 다락방에서 떨어지기 전에 집을 나갔다. 남자가 세수를 하고 마당을 걸어나가는 발소리에 귀를 모으고 있을 때 삼촌이 떨어졌다. 주위를 둘러본다. 아무도 없다. 치마 주머니에서 열쇠를 꺼낸다. 부러진 사다리를 남자 방 쪽마루에 세워놓는다. 남자가 없다는 걸 알면서도 왜 이걸 여기까지 들고 왔을까. 남자에게는 열쇠가 두 개 있었다. 남자가 잊어버리고 꽂아두고 간 열쇠에서 한 개를 빼냈다. 남자는 열쇠가 한 개 없어졌다는 걸 모르고 있을까. 닷새 만에 들어가보는 방이다. 삼촌의 다락방처럼 방바닥에 쌓인 책들과 한 번도 개어본 적이 없을 법한 이부자리가 깔려 있고 라면 국물이 말라붙은 냄비가 윗목에 놓였다. 뚜껑은 저만치 떨어져 있다. 나는 방 한쪽에 웅크리고 앉는다. 알 수 없게도 오래전부터 내가 머물던 방처럼 익숙하고 안온감마저 느껴진다. 이 방에 있을 때면 내가 낯선 소도시에 있다는 사실을 잊을 수 있다. 방문을 열고 나가면 예전처럼 낯익은 얼굴들이 나를 반길 것만 같다. 그 꿈은 매번 좌절되게 마련이다. 문을 열고 나가면 아무도 없는 마당과 공동 세면대, 그리고 다락방이 있는 컴컴한 방문이 보인다. 나는 한낱 꿈을 꾸고 있을 뿐이다. 가끔 이 방에 숨어들기는 하지만 아무것도 손댄 적이 없다. 남자에게 오는 우편물은 없다. 그는 어쩌면 천애고아이거나 버려진 사람일 것이다. 아니면 제 의지로 익숙한 땅을 떠나온 사람이거나. 어쨌거나 나처럼 타지 사람인 것만은 분명했다. 그는 대체로 말이 없는 편이고 잘 웃지 않는다. 남자에게 오는 우편물이 전혀 없다는 사실을 발견한 후부터 나는 남자에게 관심을 갖기 시작했다. 내가 남몰래 손을 대는 건 이모의 지갑뿐이다. 남자에게서 훔친 건 방 열쇠밖에 없다. 만약 열쇠가 하나밖에 없었더라면 훔치지 않았을 것이다. 남자에게는 열쇠가 두 개 있었다. 나는 그대로 웅크리고 앉아서 처음 들어왔을 때처럼 방 안을 세세히 둘러본다. 우리 방과 별로 다를 것은 없다. 각 방마다 들어가본 것은 아니지만 목욕탕집에 세 들어 사는 여섯 개 방들은 모두 엇비슷한 구조이다. 별다른 가구나 장식물들 없이 생활에 꼭 필요한 최소한의 용품만 있을 뿐이다. 그런데도 내 눈초리는 꼼꼼하다. 나는 마치 지금은 사라져버린 고대 생물의 생흔生痕을 탐색하는 사람 같다. 남자는 지금쯤 가느다란 안전줄에 매달려 유리창을 닦고 있을 것이다. 아니면 창마다 은빛 새시를 끼우고 있거나. 그곳에서 내려다보는 샛강은 얼마나 푸르고 유유할까. 나는 내가 높다란 건물에 매달린 듯 문득 고개를 떨구고 아래를 내려다본다. 못생긴 발가락과 남자가 떨어뜨린 담뱃재들만 흩어져 있다. 막막한 방바닥이다. 사다리 좀 고쳐주세요. 삼촌이 안 돌아올 거 같아요. 불현듯 누군가의 목소리가 들린다. 방 안을 휘둘러본다. 아무도 없다. 나는 흠칫 놀라 내 입을 틀어막는다.

장님은 결코 웃는 법이 없다. 지금은 기억나지 않지만 어디선가 그런 구절을 읽은 기억이 있다. 그런데 그것은 사실이다. 그렇다는 것을 나는 이곳에 와서 깨닫게 되었다. 삼 층에 있는 안마시술소 때문에 종종 목욕탕집 대문 앞을 서성거리다가 장님들과 마주치곤 한다. 그들이 웃는 것을 본 적이 없다. 까만 안경을 쓰거나 그렇지 않은 장님들도 얼굴은 늘 무표정하다. 무표정하다 못해 일부러 그렇게 그려놓은 것처럼 생동감 없이 딱딱하다. 그들은 방금 막 관에서 걸어나온 사람 같다. 늘 무채색인 옷차림도 한몫한다. 그들의 걸음은 느릿느릿하고 발을 땅에 질질 끄는 편이다. 한데도 마음을 놓고 어떤 보이지 않는 끈을 따라 걷는 듯하다. 지팡이가 없어도 마찬가지다. 나는 언젠가 다리 위에서 장님 흉내를 내본 적이 있다. 눈을 감고 다리를 지나려고 시도했다. 그러나 채 열 걸음도 앞으로 나아가지 못했다. 눈앞은 무섬증이 일도록 컴컴했고 금세라도 허청거리며 샛강으로 떨어져버릴 것만 같았다. 열 발짝도 못 떼어 귀밑으로 식은땀이 흘렀다. 장님들은 대체 어떻게 이 다리를 지나는 것일까. 나는 금방 장님 흉내를 멈추고 말았다. 안마시술소 입구는 비어 있다. 그녀가 보이지 않는다. 김치를 비우고 세제로 깨끗이 헹궈낸 플라스틱 통을 들고 안마시술소를 두리번거린다. 그녀는 어디로 갔을까. 시간이 일러서 그런지 드나드는 사람은 아무도 없다. 실내도 한산해 보인다. 주춤거리다가 안마시술소 입구에 있는 방문을 두

들겨본다. 휴게실이라는 팻말이 걸려 있다. 그녀는 이곳에 있을지도 모른다. 또 삼촌 이름을 대고 외상 그은 음료수나 빵 등을 먹고 있을 것이다. 그녀 볼 은 점점 더 미웁스럽게 살이 오르고 있다. 그녀가 휴게실에 있을 거라는 확신이 든다. 망설이다가, 문 을 연다. 에어컨이 돌아가고 있는지 찬기운이 훅 끼 친다. ……나는 내 눈앞에 펼쳐진 광경에 그만 입을 딱 벌리고 만다. 그들은 화투를 치고 있다. 헛꿈을 꾼 듯 세게 도리머리질을 쳐본다. 그래도 역시 내 눈앞에는 화투를 치고 있는 장님들이 있다. 세 명 의 장님 여자들이 탁자에 둥그렇게 둘러앉아 한 손 에 패들을 들고 있다. 너, 광 들고 있는 거 내놔. 이 언닌 정말 눈치도 빨라, 어떻게 그걸 알았지? 잘 봐 라 얘들아, 나 고도리다 고도리. 니넨 눈 뒀다 뭐 하 는 거냐. 장님인 그녀들의 손놀림은 섬세하고 정확 하다. 화투장은 짝짝 경쾌한 소리를 내며 떨어진다. 그들은 화투를 뒤집고 천천히 짝을 찾아 맞춘다. 슬 로 화면처럼 몹시 느리기는 해도 정확한 솜씨다. 그 들은 장님이 아닌 것 같다. 이마나 콧등 위, 아니면 손가락 같은 부위에 또 다른 눈이 달려 있는지도 모른다. 나는 그들이 어떻게 다리를 건너는지 알 것만 같다. 것봐, 내가 너 그거 낼 때부터 알아봤다 알아봤어, 미련하기는. 얼마 주면 돼냐? 근데 저 아가씬 누구야? 패를 거둬들이는 여자가 내 쪽을 바라보며 묻는다. 검은 동자가 보이지 않는 눈이다. 어, 여긴 웬일이에요? 귀에 익은 목소리다. 그제야 소파 구석에 그녀가 있다는 걸 발견한다. 나는 눈을 깜박거린다. 그녀 목소리가 들리지 않았다면 아마도 내 볼을 꼬집었을 것이다. 더워, 문 닫아라. 들어오든지 나가든지. 장님들은 다시 패를 돌리기 시작한다. 그들의 눈은 화투패에 고정되어 있다. 집요한 눈길이다. 나는 그만 문을 닫아버리고 만다. 반죽된 시멘트 통에 느닷없이 빠져버린 것처럼 몸이 떨린다. 그녀가 휴게실 문을 열고 나온다. 그녀 입가에는 과자 부스러기들이 묻어 있다. 불현듯 휴게실 안에 있는 여자들이 장님이 아니라 그녀가 장님일지도 모른다는 생각이 든다. 무슨 일로 왔어요? 여자가 입을 뗀다. 내 입술은 딱딱하게 굳어 있다. 섬뜩한 기운을 이기지 못하고 나는 그만 들고 있던 플라스틱 통을 떨어뜨린다. 플라스틱 통은 입구 계단으로 굴러떨어진다.

전신의 힘이 다 빠져나가고 있다. 아, 저거 때문에 왔군요. 일부러 오지 않아도 되는데. 그녀는 스스럼이 없다. 계단 밑으로 내려가 김치통을 집어들고 온다. 설명을 해도 그녀는 내가 놀란 이유를 전혀 이해하지 못할 것 같다. 그녀와 길게 이야기하고 싶지 않다. 그런데도 나는 그녀 앞을 벗어나지 못한다. 단지 다리가 후들후들 떨려서만은 아니다. 저, 저 사람들, 정말 장님 맞아요? 떠듬거리며 겨우 묻는다. 그녀는 빙그레 웃기부터 한다. 왜요, 이상해요? ……! 정말 놀랐나 봐, 이경 씨 안색이 창백해요. 그녀가 손을 뻗어 내 얼굴을 만지려 한다. 나는 얼른 고개를 돌려 그녀 손길을 피한다. 그녀가 내 몸에 손을 대는 순간 그대로 눈이 멀어버릴 것만 같다. 장님이 되긴 싫다. 그녀에게 치명적인 병균이 있는 듯 멀찌감치 뒤로 물러선다. 일부러 김치통을 가져오는 게 아니었다. 그랬더라면 화투 치는 장님들을 못 볼 수도 있었다. 머릿속이 후끈거린다. 이마를 싸쥐며 나는 허청이듯 계단을 내려간다. 그럼 또 봐요. 김치통을 옆구리에 끼고 서서 그녀가 인사를 한다. 대답도 없이 목욕탕 건물을 마저 내려온다. 사람마다 시간

을 잊는 저마다의 독특한 방법은 있을 것이다. 이곳
에서는 장님들도 시간을 잊기 위해선 무슨 짓이든
하지 않으면 안 된다. 나는 그제야 고개를 끄덕거리
기 시작한다. 아무도 없는 텅.빈 거리 한가운데 서
서. 아무도 없다고 생각한 건 착각이었다. 내 앞으로
자전거를 탄 사람들이 획획 지나다닌다. 저 멀리 공
터에서 빈 페트병을 들고 야구를 하는 아이들도 있
다. 공터에는 곧 아파트가 들어설 거라는 소문이 나
돌고 있다. 검은 자동차를 타고 온 사내들이 주변을
둘러보는 걸 보기도 했다. 이곳은 아직 버려진 공터
들이 많은 땅이다. 공을 때리는 페트병에서는 팟팟,
경쾌한 소리가 들린다. 공은 포물선을 그리며 하늘
높이 날아가버린다. 찌그러진 페트병을 내던진 아
이들이 우우 몰려 공을 쫓아간다. 갑자기 사위가 적
연해진다. 아이들이 가버리자마자 저녁이 내려앉는
다. 아이들이 던진 공은 다리 위에 떨어져 있다. 아
이들은 보이지 않는다. 다리를 지나 모두 제 집으
로 가버렸을 것이다. 나는 다리 한가운데 떨어져 있
는 공을 집어든다. 작고 단단한 고무공이다. 벽돌공
장에는 벌써 불이 꺼졌을 것이다. 할아버지가 돌아

올 시간이다. 술집은 다리를 지나 역사로 가는 길에
즐비해 있다. 집으로 돌아오든 술집을 가든 할아버
지는 이 다리를 건너야만 한다. 곧 자전거를 탄 할
아버지 모습이 보일지 모른다. 강물은 내가 처음 온
날과 똑같은 형상으로 흘러가고 있다. 저렇게 썩어
가고 있는 물이 어디로 흘러가는 것인지 이제는 궁
금하지 않다. 안경도 벗지 않는다. 팔을 휘둘러 공을
내던진다. 공은 높이 치솟았다가 바로 다리 밑으로
떨어진다. 공은 강물을 따라 유영할 것이다. 엄마의
유골도 강에 뿌렸다. 비가 오는 날이었고 나는 흰
장갑을 꼈다. 이상하게도 눈물은 나오지 않았다. 나
는 담담했고 침착했다. 엄마의 무덤은 강이다. 내 등
뒤로 자전거를 탄 사람들이 지나간다. 고개를 돌려
그들의 뒷모습을 본다. 할아버지나 삼촌 모습은 아
니다. 삼촌은 오늘 벽돌공장에 가지 않았을 것이다.
삼촌은 다리를 다쳤다. 일을 할 수 없다. 할아버지
를 만나야 한다. 사다리가 부러져버렸다고 말해야
한다. 할아버지에게는 얼마쯤 돈이 있을 터이다. 부
러진 사다리를 목공소에 맡기려면 돈이 필요하다.
술 취한 할아버지는 그 사다리를 고치려 하지 않을

것이다. 할아버지에게 돈을 달라고 해야 한다. 그러나 할아버지는 먹고 죽으려도 돈이 없다는 사람이다. 할아버지는 약속을 어겼다. 내가 이곳에 내려오면 방이 두 개 있는 집으로 이사를 가겠다고 말했었다. 이모와 한방을 쓰라고 했다. 나는 혼자 있고 싶지 않았다. 순순히 할아버지를 따라 기차를 타고 이곳에 내려왔다. 이사 갈 기미는 보이지 않는다. 봄, 여름. 벌써 두 계절이 지나고 있다. 할아버지는 왜 약속을 지키지 않는 걸까. 할아버지를 만나야 한다. 벽돌공장에는 아무도 보이지 않는다. 시커먼 시멘트 더미와 모래들만 군데군데 쌓여 있다. 푸른색 천막도 캄캄하기는 마찬가지다. 모형틀 속에도 흙먼지만 뒹굴고 있다. 새로 찍어낸 블록벽돌들이 시멘트와 모래보다 더 많이 쌓여 있다. 할아버지와 삼촌이 찍어낸 블록벽돌들은 점점 더 쌓여간다. 도시락을 들고 올 때마다 나는 그것을 눈여겨본다. 수요가 줄어들고 있는 게 분명하다. 할아버지는 날마다 술을 마시고 허리는 휘어간다. 삼촌은 다리까지 다쳤다. 아마도 할아버지가 모래보다 시멘트 비율을 더 높여 벽돌을 만들었다면 저렇게 쌓여가지는 않을 텐데. 할아버지는 왜 그걸 모를까. 하늘에는 공교히 반짝이는 별 몇 개가 떠 있다. 누군가 내 어깨를 잡아끌어 아주 먼 곳으로 훌쩍 데려가버렸으면 좋겠다. 이리저리 발을 움직여본다. 내 걸음을 따라서 검은 발자국들이 벽돌공장 바닥을 메우고 있다. 발자국들은 겹치고 또 겹친다. 순간, 나는 길을 잃는다. 모랫더미 옆에는 커다란 삽 한 자루가 놓여 있다. 걸음을 멈춘다. 땀에 전 셔츠가 등허리에 딱 들러붙어 있다. 홀러덩 셔츠를 벗어버린다. 그래도 몸은 끈끈하고 더위는 가시지 않는다. 달빛 속에서 내 몸은 하얗게 빛난다. 삽을 쥐어본다. 사다리보다 가볍다. 나는 모랫더미에 삽을 꽂는다. 삽을 모랫더미에 깊숙이 찌르고 한쪽 발로 삽 머리를 꾹꾹 누른다. 그리고 힘을 줘 삽을 들어올린다. 저절로 허리께에 힘이 들어간다. 우벼 파듯이 한 삽 한 삽 모래를 뜬다. 땀이 흐른다. 퍼낸 모래들을 아무 데로나 획획 뿌린다. 모래알들은 사방으로 가볍게 흩어진다. 모랫더미들은 점점 줄어들고 있다. 캄캄한 밤중이다. 머리 끝에서부터 흘러내린 땀이 치마 허리둘레를 적신다. 할아버지와 삼촌이 만든 블록벽돌들은 너무 허술하다. 금방 부서져버린다. 모래를 너무 많이 섞어서일 터이다. 나는 모래를 퍼내고 또 퍼낸다. 그래도 모랫더미는 빠른 속도로 줄어들지 않는다. 한 바퀴 제자리를 빙 돌며 모래를 흩뿌리다가 나는 그만 나동그라지고 만다. 흩어진 모래알들이 얼굴로 쏟아진다. 눈을 뜰 수가 없다. 모래가 눈으로 튀어들어온 모양이다. 눈알이 쓰라린다. 생전 처음 맞닥뜨리는 어둠이다. 나는 정말 장님이 돼버린 것일까.

나에게는 좀 더 그럴듯한 일이 필요하다. 아무 일도 하지 않고 이곳에서 하루를 견디는 것은 정말 곤혹이다. 외가 식구들의 식사를 챙겨주고 빨래를 하고, 퍼석하게 마른 마당에 물을 뿌리고……. 아무래도 나는 다른 일을 찾지 않으면 안 될 것 같다. 그런데 내가 무슨 일을 할 수 있을까. 이 층 목욕탕에서 때 미는 일, 할아버지 벽돌공장에서 블록벽돌을 찍어내는 일, 그리고 삼 층 안마시술소에서 안마하는 일. 모두 내겐 불가능한 일이다. 이모가 건네준 검정고시 학습지는 여전히 윗목에서 아무렇게나 굴러다닌다. 나는 학습지 두 권을 집어들고는 옷장 맨

아랫서랍을 연다. 철 지난 옷들을 뒤적거려 그 사이에다 학습지를 끼워 넣는다. 이모를 불쾌하게 만들고 싶지는 않다. 나는 아직도 이모에게 공부를 하지 않겠다는 의사를 전달하지 못했다. 상업고등학교를 졸업하고 농협에서 일하는 이모는 내게 화를 낼 게 분명하다. 이모는 대학을 가고 싶어 했다. 할아버지는 이모 등록금을 마련할 능력이 없는 사람이었다. 이모는 하루 종일 농협에서 돈을 센다. 퇴근 후에는 새벽녘까지 공부를 한다. 아무래도 이모는 대학을 갔어야 했다. 그랬더라면 이모는 지긋지긋해, 라는 말을 입에 달고 다니지 않았을 것이다. 나는 옷장 서랍을 닫으며 지긋지긋해, 라고 발음해 본다. 이모가 뇌까리는 것처럼 시니컬하게 들리지는 않는다. 바가지에 수돗물을 받아 화단에 홀홀 뿌린다. 주인 아주머니가 보면 또 한마디 면박을 줄 것이다. 물은 어디서 거저 나는감, 하고 말이다. 봉숭아꽃은 아직 벌어지지 않았다. 너무 늦게 씨앗을 뿌린 탓이다. 줄기는 시들시들하고 몇 개 잎들도 바싹 말라 있다. 내년에도 나는 이 집에 있을까. 적절한 시기에 씨앗을 뿌려야 한다. 누가 그랬는지 꽃들

사이에 홍당무와 참외 껍질이 떨어져 있다. 그 위로 까만 개미떼들이 꼬물거린다. 이런 것 따위로는 거름이 되지 않는다. 삼촌의 오줌이 생각난다. 삼촌은 화를 낸다. 연약한 꽃들 줄기가 다치지 않도록 조심하며 홍당무와 참외 껍질들을 집어낸다. 개미떼들이 빠르게 흩어져버린다. 목욕탕집에 세 들어 사는 사람들은 누구도 이 화단에 관심을 갖지 않는다. 관심이 있다면 담배꽁초나 휴지조각 같은 것들을 버리지 않을 것이다. 그들은 모두 피곤한 얼굴로 귀가한다. 아침에 집을 나갈 때도 마찬가지다. 대문 옆에 이 작은 화단이 있다는 사실조차 모를 사람도 있을 것이다. 화단에 물을 주고 몇 포기 잡초를 뽑아내는 사람은 나밖에 없다. 꽃씨를 뿌린 사람도 나다. 이 집에서 유일하게 내가 소유할 수 있는 건 이 화단밖에 없다. 그러나 나는 내년 봄에도 이곳에 씨앗을 뿌리고 싶지는 않다. 봉숭아꽃 몽우리가 얼른 벌어졌으면 좋겠다. 땀 한 방울이 연초록 잎사귀로 똑 떨어진다. 잎사귀가 약하게 떨린다. 오늘도 폭염이 계속될 모양이다. 거리는 하얗다. 장마는 끝났고 연일 염위炎威가 기세를 떨치고 있다. 가을이 오려면 시간이 더 지나야 한다. 태풍도 지나가지 않았다. 가을이 오면 서둘러 겨울이 닥칠 것이다. 이곳은 고산지대이기 때문에 겨울은 몹시 춥고 길다. 아직 한겨울을 보내지는 못했지만 내가 왔을 때는 초봄이었다. 그때도 두꺼운 이불을 뒤집어쓰고 자야 했다. 발칫잠은 고사하고 어떤 날은 너무 추워서 발가락이다 떨어져나갈 것만 같았다. 나는 이모 등허리에 손바닥을 집어넣거나 허리를 꼭 껴안았다. 잠결에도 이모는 세게 내 손을 뿌리쳤다. 조그만 전기스토브는 다락방에 올려져 있었다. 아침에 일어나면 목 안이 따끔거렸고 봄이 지나는 동안 내내 감기를 앓았다. 마당에 있는 수도는 자주 얼어붙었고 물이 나오지 않았다. 수도가 얼지 않도록 밤새도록 약하게 물을 틀어놓아야 했다. 긴긴 밤 이불을 쓰고 누워서 수돗물 떨어지는 소리에 귀를 열어두었다. 양의 숫자를 헤아리듯 똑똑 떨어지는 물방울 소리를 하나하나 세었다. 이백삼십한 방울, 오백육십 방울……. 그래도 잠은 오지 않았다. 그게 지난 초봄의 일이다. 머잖아 겨울이 닥칠 거라고 생각하면 벌써부터 우울해진다. 겨울이 오기 전에 이곳을 떠날 수만 있다면. 운동화 밑창이 녹진녹진하다. 긴 호수가 있으면 마당에 있는 수도꼭지에 연결시켜 거리에 물을 뿌리고 싶다. 그런데 이모는 왜 오늘 나를 밖에서 만나자고 했을까. 옷장 서랍에 넣어둔 학습지가 마음에 걸린다. 한숨이 새어나온다. 이모는 또 한 뭉치의 돈을 세고 있다. 아마도 저 돈이면 방 두 개 있는 집으로 이사를 갈 수 있을 것이다. 엄마에게는 약간의 돈이 있었다. 할아버지는 아무 말도 하지 않는다. 여태도 이사 가겠다는 약속을 지키지 않는다. 이모 앞 창구에는 손님이 앉아 기다리고 있다. 나는 선뜻 농협 안으로 들어가지 않는다. 그래도 유리문을 통해 이모 모습을 바라볼 수 있다. 출근하기 전에 이모는 잠든 척하는 내 어깨를 흔들며 나를 깨웠다. 점심시간에 농협으로 나올래, 열두 시 반이야. 그리고 이모는 방을 나갔다. 나는 못 들은 척 그대로 눈을 감고 있었다. 밖에서 이모를 만나는 것이 두려웠다. 두려웠기보다는 어색하다는 표현이 더 적절하다. 이모가 나가자마자 나는 자리에서 벌떡 일어났다. 방 청소를 하고 할아버지와 삼촌 속옷을 빨아 널어도 시간은 그대로 정지된 것만 같았다. 이모가 밖에서 나를 보자고 한 건 처음 있는 일이다. 이모는 대체 무슨 말을 하려는 것일까. 이모는 손지갑만 챙겨들고 밖으로 나온다. 안 들어오고 왜 밖에 서 있었니? 명랑해 보이는 얼굴이다. 정말 덥다 더워, 그치? 농협 유니폼을 입은 이모는 집에서 볼 때와는 조금 달라 보인다. 뭐랄까, 밖에서는 전혀 지긋지긋해라는 말을 내뱉지 않을 것 같은 모습이다. 이모의 지갑은 꽤 두툼해 보인다. 앞방 남자의 밀린 방세를 지불한 이후에 나는 이모 지갑에 손대지 않았다. 기회가 없기도 했지만 어쩐지 그러고 싶은 욕구가 생기지 않았다. 그래도 나는 책상 하나쯤은 사고 싶다. 이모는 늘 엎드려 공부한다. 내게 묻지도 않고 이모는 물냉면 두 그릇을 주문한다. 정말 이상한 날이다. 밖에서 이모와 함께 점심을 먹게 될 거라고는 생각지도 못했다. 낯선 사람과 앉아 있는 기분이다. 이모, 월급날 아니잖아. 내 말에 이모는 피식 웃는다. 자세히 보면 엄마와 꽤 닮은 얼굴이다. 미간 사이를 지나는 깊은 주름이며 숱 많은 굵은 눈썹, 조붓한 어깨선까지도. 그러나 아직 미간 사이에 주름이 있어도 될 만큼 이모는 많은 나이가 아니다. 이모는 나보다 기

껏 여섯 살 더 많다. 그 주름이 이모를 어둡고 우울
하게 보이게 한다. 그건 엄마도 마찬가지였다. 그러
나 엄마는 이미 늙은 여자였다. 냉면 면발은 질기고
육수는 미적지근하다. 이모는 젓가락으로 면발을
둘둘 감아서는 한입에 쏙 넣는다. 나는 뜨거운 라면
을 먹듯 홀홀 소리 내면서 먹는다. 도시락은 갖다드
리고 온 거니? 겨자를 더 뿌려 넣으며 이모가 묻는
다. 아니. 나는 고개를 흔든다. 오늘은 도시락을 준
비하지 않았다. 도저히 아무렇지 않은 얼굴로 벽돌
공장에 갈 수 있을 것 같지 않았다. 할아버지는 모
랫더미를 파헤쳐놓은 사람이 나라는 걸 알고 있을
지도 몰랐다. 니 와 그랬노? 이 기집애야. 팔을 휘어
잡고 더운 입김을 뿜어댈 것이다. 왜? 내 대답에 이
모는 심상한 표정으로 건너다본다. 내가 오기 전에
는 아침마다 이모가 도시락 두 개를 미리 싸두고 출
근했다. 누가 시킨 것도 아니건만 나는 도시락을 싸
기 시작했다. 이 집에서 아무 일도 하지 않는 사람
은 나밖에 없었으니까. 그냥 할 일도 있고 해서, 사
드시겠지 뭐. 할 일? 이모는 눈을 둥그렇게 뜨고 나
를 본다. 나는 냉면 그릇을 통째로 들고 국물을 들

이마신다. 이모. 그릇을 내려놓고 이모를 부른다. 그런데 오늘 무슨 날이야? 날은 무슨 날. 꼭 그래야만 같이 밥 먹니? 아무래도 집에서 보던 이모가 아닌 것 같다. 딱히 무슨 할 말이 있었던 것 같지도 않다. 나는 더럭 겁이 난다. 그냥 집에서처럼 내 말에 대꾸도 잘 하지 않고 웃어주지도 않았으면 좋겠다. 그게 익숙한 이모 모습이다. 냉면 한 그릇을 다 비울 때까지도 이모는 별다른 말은 하지 않는다. 나 역시 입을 다물고 있을 수밖에 없다. 이모는 지갑에서 만 원짜리를 꺼내 계산을 치른다. 지갑에는 만 원권 지폐들이 두툼하게 들어 있다. 오늘은 만 원짜리 한 장을 훔쳐도 눈치채지 못할 것 같다. 이모가 잠들기를 기다려야 한다. 이모와 나는 느린 걸음으로 농협 쪽으로 걸어간다. 스타킹을 신은 이모 종아리는 날씬하다. 이모는 또 농협으로 들어가서 돈을 세고 퇴근 후에는 외국어 공부를 할 것이다. 이경아. 나는 놀라서 이모를 쳐다본다. ……왜? 아무것도 아니라는 듯 이모는 얼른 고개를 내두른다. 이경아. 나는 이모 목소리를 기억해둔다. 이모는 알까. 내가 이곳에 온 이후 처음으로 신이경, 이 아닌 이경아, 라고 불렀다는 사실을. 아무래도 오늘은 정말 이상한 날이다. 저녁 무렵, 이모는 어두운 방 안으로 어떤 표정을 짓고 들어올지 궁금하다. 그럼 들어가봐 이모. 나는 이모를 보낸다. 이따가 집에서 보자. 이모는 날렵한 몸짓으로 농협 안으로 들어가버린다. 이모가 가버린 이후에도 한동안 창망히 서 있다. 화장실에라도 들렀는지 시간이 좀 지난 후에 이모는 자기 자리에 앉는다. 먼 데서 봐도 이모 얼굴에는 화색이 돌고 있다. 문득 매일매일 밖에서 이모를 만났으면 좋겠다는 생각을 한다. 할아버지와 삼촌도 한집에 살지 않는다면 저렇게 사이가 틀어지진 않았을 것이다. 서로 멀리 있었다면 지금과는 다를 것이다. 이모 앞으로 손님이 다가앉는다. 나는 등을 돌린다. 뭔가 허전한 느낌에 두 손을 내려다본다. 내 손에는 아무것도 쥐어져 있지 않다. 괜히 주머니 속을 뒤적거려본다. 열쇠만 들어 있을 뿐이다. 나는 어깨를 으쓱거리며 역사 쪽으로 걷기 시작한다.

봉숭아꽃이 활짝 피었다. 화단에 물을 흠뻑 뿌려주었다. 방 청소를 하기 위해 방 안을 정리한다. 돌연 뭔가 석연찮은 느낌이 덜미를 잡은 건 그때다. 방 안을 둘러본다. 달라진 건 아무것도 없다. 전기밥통은 방구석에 놓여 있고 개놓지 않았던 이불은 구겨진 채 깔려 있다. 이유도 없이 밥통을 열어본다. 어젯밤에 해놓은 밥은 약간 노리끼리하게 변색되어 있다. 코를 대고 밥 냄새를 맡아본다. 쉰내가 난다. 분량은 넉넉하지만 아무래도 저녁까지 먹지는 못할 것 같다. 전기 코드를 빼놓는다. 점심에 나는 찬밥을 먹어야 한다. 오늘도 도시락을 싸지 않을 작정이다. 도시락을 싸가지 않았는데도 할아버지는 아무 말이 없다. 아직 할아버지에게 삼촌이 발을 다쳤다는 말을 하지 않았다. 그리고 사다리가 부러졌다는 것도. 할아버지는 술에 취해 밤늦게야 돌아온다. 돌아오지 않는 날도 있다. 밥을 버린 것을 알면 할아버지는 화를 낼 것이다. 냄새나는 밥이 생겨도 엄마는 그냥 버리지 않았다. 참기름에 김치를 볶다가 밥을 섞어 비벼먹었다. 밥통 뚜껑을 닫는다. 그래도 석연찮은 기운은 가시지 않는다. 대체 뭐가 이상한 거지? 나는 방 안에 우뚝 서서 혼잣말을 해본다. 내 눈은 벽을 향해 집중된다. 그러자 벽들이 뚜벅뚜벅 내

쪽으로 걸어오는 것만 같다. 눈을 비벼대며 한 걸음 뒤로 물러난다. 벽에는 여러 개의 못들이 박혀 있다. 옷을 걸어두기 위해서다. 하나밖에 없는 옷장 속에는 네 사람의 가을 겨울 옷들이 들어 있다. 이모의 옷이 하나도 보이지 않는다. 집에서 입는 이모의 헐렁한 긴 바지와 면 티셔츠, 해바라기 무늬가 그려진 원피스. 그 원피스는 보너스를 받은 달에 이모가 산 옷이다. 그때 이모는 내 운동화도 함께 사왔다. 밑창이며 끈까지 모두 하얀 운동화였다. 이 집에 와서 처음 받아보는 선물이었다. 다섯 개의 못 중에 이모 옷을 걸어두던 두 개의 못이 휑하니 비어 있다. 비어 있는 못 옆에는 할아버지의 추리닝 바지와 내 옷가지들이 고양이 사체처럼 축 늘어져 있다. 나는 손을 뻗어 빈 못을 만져본다. 녹이 슬어 있었는지 손가락 끝에 불그스름한 녹물이 묻어난다. 이틀 전에 이모가 내 이름을 불렀던 목소리가 홀연히 떠오른다. 이경아. 이모는 나를 그렇게 불렀다. 이경아, 라고. 왠지 사무치는 목소리였다고 기억된다. 이모. 녹슨 못을 문지르며 이모를 불러본다. 방 안의 다른 무엇을 헤집어보지 않고서도 나는 이모가 떠났다는 사실을 알아차린다. 그제야 왜 이모가 나를 불러 냉면을 사주고 이름을 불렀었는지를. 그런데 이모는 정말 사라진 것일까. 이모를 만났던 이틀 전처럼 몹시도 무더운 날씨다. 남부지방에서는 가뭄이 들었다고 한다. 논바닥이 쩍쩍 갈라졌다고도 했다. 아무래도 비가 좀 와야 한다. 장마는 끝났다. 남아 있는 건 태풍밖에 없다. 샛강의 물도 줄어들어 보인다. 안경을 벗지 않고 강을 내려다본다. 눈을 감고 다리를 건너온 것도 아닌데 여전히 머릿속이 출렁거린다. 자꾸만 머리가 어지러운 건 아마도 회충약을 먹지 않아서인 것 같다. 계절이 바뀔 때마다 엄마와 나는 한 알씩 구충제를 먹었다. 이곳에 내려와서는 두 계절이 지나도록 먹지 못했다. 아무도 내게 회충약을 챙겨주지 않는다. 그것말고도 이제 나는 무엇이든 스스로 해나가지 않으면 안 된다. 이제 정말 혼자가 된 느낌이다. 왔던 길을 거슬러 다리를 빠져나간다. 공사장이다. 완성되어가는 높다란 건물이 잘 벼린 칼처럼 번쩍거리고 있다. 남자의 모습은 보이지 않는다. 어느새 새참 시간인지도 모른다. 공사가 끝나가는데도 건물 주변에는 역사役事로 쌓아올

린 자갈들과 큼지막한 돌들이 쌓여 있다. 건물 유리
창은 잘 닦여 있다. 유리가 아니라 동네 거울을 모
조리 뜯어다 붙여놓은 것 같다. 남자의 솜씨일 것이
다. 남자의 튼튼한 다리와 땀에 전 군청색 티셔츠의
얼룩을 보고 싶다. 얼룩의 형태는 볼 때마다 다르다.
어느 때는 세계전도 비슷했다가 또 다른 날에는 우
리 방 천장 구석에 있는 쥐 오줌 자국 같기도 하다.
남자는 없다. 농협 쪽으로 걸음을 옮긴다. 농협은 다
리를 지나 역사로 가는 길 맞은편에 있다. 나는 역
사 쪽으로 뻗은 긴 외길을 외면해버린다. 이모는 농
협에 있을지도 모른다. 언제나 그랬던 것처럼 두툼
한 돈뭉치를 세고 있을 것이다. 유니폼을 입은 이모
모습은 새롭고 아름답다. 양쪽 귀에 이어폰을 꽂고
알아들을 수 없는 외국어를 발음하던 이모를 만나
고 싶다. 왜 녹슨 못에서 옷가지들을 떼어냈는지 물
어볼 것이다. 이모 자리는 비어 있다. 비어 있는 이
모 자리 옆에 이틀 전에 본 여자들이 앉아 있다. 그
녀들은 모두 이모와 똑같은 유니폼을 입고 있다. 이
모가 입은 것만큼 태가 나지는 않는다. 이모 자리만
비어 있다. 농협 안으로 들어가지 않는다. 밖에서도

안이 또렷하게 들여다보이기 때문만은 아니다. 여느 날과 마찬가지로 이모는 정확한 시간에 출근했다. 나는 얇은 이불을 뒤집어쓰고 누워 이모가 출근 준비하는 것을 귀로 다 듣고 있었다. 분첩을 두들기는 소리, 부스럭거리는 옷 소리. 이모는 간단하게 화장을 하고 옷을 갈아입었다. 할아버지와 삼촌이 없었기 때문에 그냥 내 머리맡에서 바지를 벗고 치마로 바꿔 입었다. 잠깐 실눈을 떠 옷을 갈아입는 이모를 올려다보았다. 이모는 물방울 무늬가 새겨진 흰 팬티를 입고 있었다. 이모는 팬티도 새로 갈아입었다. 내가 잠들어 있는 줄 알았을 것이다. 옷을 갈아입은 이모가 가방 속에 외국어 교본을 챙겨 넣었다. 부엌을 지나기 전에 물 한 잔을 마시는 소리도 들었다. 모든 것이 여느 아침과 똑같았다. 잘 다녀와 이모. 나는 문을 닫고 나가는 이모를 향해 속으로 인사했다. 농협 문을 밀고 들어간다. 찬 기운이 돈다. 한쪽 벽면에 대형 에어컨이 돌아가고 있다. 안경을 밀어 올린다. 에어컨 온도계는 이십사 도. 대기용 소파에 걸터앉는다. 옆에는 잡지가 놓인 탁자가 있다. 손 가는 대로 아무 잡지나 한 권 쑥 뽑아낸다. 홀렁홀렁 페이지를 넘긴다. 책장은 빠닥빠닥하다. 눈 깜짝할 새에 손가락을 베인다. 일 센티쯤 벌어진 살갗에서 피가 난다. 손가락을 입술로 밀어넣고 빤다. 비릿한 맛이 감돈다. 이모는 언제쯤 자리로 돌아올까. 드문드문 들어온 사람들이 볼일을 보고 나가고 또 새로운 사람들이 들어온다. 그래도 농협 안은 한산한 편이다. 어떤 글자도 읽지 않고 잡지 한 권을 다 넘겨도 이모는 자리로 돌아오지 않는다. 책장을 덮는다. 이모 옆자리에 앉아 있는 직원과 눈이 마주친다. 그 여자는 내가 이곳에 들어왔을 때부터 줄곧 나를 주시하고 있었다. 나는 고개를 떨군다. 손님, 무슨 일이세요? 여자가 자리에 앉은 채로 나를 향해 묻는다. 상냥해 보이는 얼굴이지만 탐색의 눈초리가 깃들어 있다는 걸 알아차릴 수 있다. 여자는 이모와 내가 친척이라는 것을 모른다. 그저께 처음 나는 이곳에 와보았다. 여자가 그것을 알 리가 없다. 이모가 오늘 출근했는지, 어딜 간 것인지 물어보고 싶다. 여자는 아직도 나를 쳐다보고 있다. 나는 자리에서 일어나 그대로 농협 문을 밀고 밖으로 나온다. 뜨악하게 쳐다보는 눈길이 등뒤를 따라온다.

여자의 입에서 나올 말이 두려운 것일까. 화난 사람처럼 팔까지 휘저어대며 걸음을 떼놓는다. 그러나 나는 어디로 가야 할지 몰라 그만 우뚝 멈춰 서고 만다. 대체 이모는 어디로 간 것일까. 어쩌면 이모는 저녁이 되면 아무렇지도 않은 얼굴로 다시 방으로 들어올지도 모른다. 정말 아무 일도 없었던 것처럼. 내 이름을 부른 그날 저녁, 이모는 여전히 냉연한 얼굴로 귀가했다. 그날 정오에 나를 만나 점심식사를 하고 내 이름을 불렀다는 사실을 모두 망각한 사람처럼 보였다. 그럴 거라고 짐작은 했지만 서운한 감이 없지는 않았다. 그러나 나는 그게 이모다운 행동이라고 생각했다. 여전히 성까지 붙여 내 이름을 부르는 이모에게 저녁 밥상을 차려주었고 설거지를 했다. 부러진 사다리에 대해 몇 마디 이야기도 나누었다. 이모는 그날도 새벽까지 공부를 했고 악몽을 꾸며 잠을 잤다. 나는 팔을 버둥거리며 신음소리를 내는 이모를 가만히 들여다보았다. 그때가 새벽 세 시가 넘은 시간이었다. 그리고 이모는 사라져버렸다. 아니다. 이모는 아직 이 도시 어딘가 있을 것이다. 하루쯤 일상을 이탈해보고 싶은 때가 있다.

이모에게도 오늘이 바로 그런 날인지도 모른다. 매일 똑같은 옷을 입고 돈을 세는 게 참을 수 없고 자신의 몸 하나 부릴 수 없는 방으로 돌아오는 게 참을 수 없었을 것이다. 게다가 연일 폭양이 쏟아지는 날씨다. 햇빛 때문에 총을 쏴버린 사람도 있다. 이모를 이해할 수 있다. 그런 이모의 행위는 내가 역사를 자주 서성거리는 것과 전혀 다르지 않을 것이다. 역으로 들어오는 기차는 하루에 두 번 있다. 오후 두 시 반과 저녁 여덟 시. 나는 시간표를 본 적 없다. 정말로 한 번도 본 적이 없다. 기차는 하루에 두 번 들어온다. 오후 두 시 반과 저녁 여덟 시. 약국에 들러 백반 한 봉지를 산다. 봉숭아꽃이 피었다. 꽃이 질 무렵 손톱에 꽃물을 들이고 싶다. 값을 치르려다가 나는 지폐와 함께 주머니에서 딸려 나온 흰 종이를 본다. 어제 이모와 헤어지고 나서 들어가본 남자의 방에서 본 쪽지다. 종이는 반으로 접혀 때 묻은 베개 위에 놓여 있었다. 망설이다가 그 종이를 펴서 훑어보았다. 누군가의 메시지인 듯했다. 아니면 남자가 다른 사람에게 보내기 위해 쓴 것이거나. 쪽지를 읽고 나서 나는 남자 이불 위에 드러누웠다. 이불에서는 남자의 체취가 맡아졌다. 그건 내 겨드랑이나 발가락 사이에서 나는 냄새와 비슷했다. 남자의 발가락이 떠올랐다. 두 번째 발가락 길이가 유난히 긴 발이다. 한동안 천장에 새겨진 무늬를 바라보다가 벌떡 일어났다. 저녁밥을 안쳐야 할 시간이었다. 그런데 이 종이가 왜 주머니 속에 들어 있을까. 가지고 나올 마음은 전혀 없었다. 남자에게 훔친 건 열쇠 하나면 충분하다. 나는 새삼스럽게 종이를 펼쳐본다. '저녁 여덟 시 기차표, 역에서.' 쪽지에는 그런 글자가 씌어 있다. 종이를 도로 접어 주머니 속에 찔러 넣는다. 약국 문을 밀고 나오다가 나는 그것이 이모의 필체라는 것을 깨닫는다.

할아버지는 간이용 침상에 걸터앉아 도시락을 펼쳐든다. 할아버지 손등에는 검버섯이 피었고 손톱 밑은 까만 때가 끼어 있다. 느리지도 빠르지도 않은 손놀림으로 보자기를 펼친다. 숟가락과 젓가락이 땅바닥으로 떨어진다. 할아버지는 떨어진 수저를 집어들어 러닝셔츠에 슥 문지른다. 삼촌은 없다. 할아버지 혼자서 블록벽돌을 찍고 있었다. 사다리를 내팽개치고 집을 나간 후 삼촌은 들어오지 않는다. 벌써 나흘이 지났다. 할아버지는 내게 삼촌에 대해 한마디도 묻지 않는다. 나는 아직도 할아버지에게 사다리가 부러졌다는 말을 하지 않았다. 그래서 삼촌이 다리를 다쳤다는 사실도. 할아버지는 이모가 집을 나간 것에도 무관심해 보인다. 내게 아무것도 묻지 않는다. 할아버지는 도통 귀를 닫고 눈을 감고 사는 사람 같다. 그래도 매일매일 술을 마신다. 술에 취해서는 밤늦게 돌아오거나 아니면 벽돌공장에서 잠을 잔다. 나는 할아버지가 무슨 생각을 하며 하루를 보내는지 궁금하다. 할아버지 얼굴에서 눈과 귀를 떼어내 샛강에 던져버리고만 싶다. 검버섯은 손등뿐만 아니라 검게 그을린 팔뚝도 휘감고 있다. 러닝 사이로 드러난 가슴팍만큼은 할아버지 살갗이 아닌 것마냥 희다. 나는 할아버지 옆에 앉아 삼촌 몫으로 싸온 도시락 뚜껑을 연다. 떨어진 한 벌의 수저를 집어들어 할아버지처럼 옷 앞섶에 문지른다. 반찬이라고는 삼촌의 여자가 담궈다 준 섞박지 김치가 전부다. 호박전을 부치거나 먹다 남은 멸치조림 같은 것도 담아오지 않았다. 할아버지는 묵묵히 앉아 밥을 먹는다. 나도 아무 소리 않고 뭉쳐진 도시락밥을 젓가락으로 네모나게 쪼개 입에 넣는다. 우리는 마치 길가에 버려진 거지 모녀 같기만 하다. 그나마 천막 안이라는 것이 다행스럽다. 할아버지. 젓가락을 내려놓으며 할아버지를 부른다. 할아버지는 나를 일별도 하지 않는다. 할아버지 눈가는 처져 있고 게다가 짓물러 있기까지 하다. 입에 문 물을 우적우적거리며 입안을 헹군다. 전혀 내가 옆에 앉아 있다는 걸 모르는 사람 같다. 할아버지. 나는 또 할아버지를 부른다. 할아버지는 도시락을 밀어놓으며 자리에서 일어난다. 그러고는 천막을 획 들추며 밖으로 나간다. 기다렸다는 듯 뜨거운 햇살이 쏟아져 들어온다. 느닷없이 도시락 보자기에 투둑 눈물이 떨어진다. 얼른 눈가를 훔치고는 달음박질치듯 밖으로 뛰쳐나간다. 그늘 한 점 없다. 할아버지는 담배를 입에 물고 시멘트를 체에 내리고 있다. 체의 한쪽 끝은 쌓아놓은 블록벽돌 더미 중간쯤에 고정되었다. 체를 잡아주던 삼촌이 없기 때문일 것이다. 체를 내리고 있는 할아버지에게 다가가려다 말고 발을 멈춘다. 그런다고 해도 할아버지는 내 말을 귀담아들으려 하지 않을 게 분명하다. 나는 할아버지에게 왜 나를 이곳에 데리고 왔는지 묻고 싶다. 나는 혼자 살 수도 있었다. 할아버지가 찍어낸 블록벽돌은 공장 한쪽 구석에 높다랗게 쌓여가고 있다. 도시락을 들고 올 때 가끔 보았던 소형트럭이나 리어카들을 못 본 지 오래되었다. 그래도 여전히 할아버지는 벽돌을 찍어낸다. 나는 그것이 내가 자주 역사를 서성거리는 행위와 다르지 않다고 생각한다. 할아버지에게도 시간을 보내는 나름의 방법이 필요할 것이다. 눈과 귀를 떼어낸다고 해도 할아버지는 아마 여전히 벽돌들을 찍어낼 것이다. 블록벽돌은 이제 더 이상 팔리지 않는지도 모른다. 그건 나보다 할아버지가 더 잘 알고 있는 사실일 것이다. 나는 휘청거리며 천막을 세워놓은 버팀목을 잡고 이마를 찡그린다. 현기증이다. 저 햇빛 때문이다. 아니라면 배 속에 들어 있는 기생충 때문이거나. 다리 난간을 붙잡고 입속에 손가락 두 개를 밀어넣는다. 손가락 끝이 목젖에 닿는다. 목구멍에서는 아무것도 올라오지 않는다. 여전히 나는 구토하는 시늉을 한다. 꼬물거리는 기생충들이 배 속을 거슬러 목

71

구멍으로 올라온다. 후득후득 강물 위로 떨어진다. 턱 밑으로 침이 흘러나온다. 샛강 위로 떨어지는 것은 없다. 누군가 내 등에 가만히 손바닥을 댄다. 고개를 든다. 삼촌의 여자가 서 있다. 아니 안마시술소 안내원이 내 등을 토닥거린다. 어디 아파요? 그녀의 눈썹은 파랗다. 나는 한 발 뒤로 물러나며 고개를 흔든다. 그녀는 나처럼 다리 난간에 팔꿈치를 세우고 얼굴을 받친다. 한 손에는 내가 들고 있는 것과 비슷한 보자기가 들려 있다. 그녀도 누군가에게 도시락을 싸다 주고 오는 길일까. 여전히 발가락이 드러나는 샌들을 신고 있다. 이 시간에 여긴 웬일이에요? 그녀에게 묻는다. 이모는 내가 그녀를 상대해주는 것을 싫어했다. 그날 김치통을 전해주고 나서 그녀를 처음 만난다. 이모가 떠난 사실을 알았을 텐데도 그녀는 우리 방에 건너오지 않았다. 삼촌이 집에 없다는 걸 어느새 귀동냥했는지도 모른다. 삼촌이 집에 없는 시간에도 그녀는 자주 방에 들러 싸갖고 온 음식물들을 내려놓고 가곤 했었다. 해성병원에 다녀오는 길이에요. 삼촌 입원한 거 몰랐죠? 삼촌이 말하지 말라고 해서……. 그녀 손에 들린 보자기를 보며 나는 고개를 끄덕거린다. 그리고 아무 말도 하지 않는다. 그녀가 어떻게 삼촌이 입원한 걸 알고 있는지 궁금하지 않다. 많이 다친 건 아니래요. 발목에 금이 갔는데, 깁스하고 있어요. 며칠 있으면 퇴원해도 된대요. 이경 씨 한번 가보지 않을래요? 말은 그렇게 해도 아마 속으론 기다릴 거예요. 그녀의 어투는 마치 나보다, 아니 우리 식구들보다 삼촌을 더 잘 알고 있는 듯하다. 공연히 나는 운동화 신은 발로 다리 난간을 툭툭 찬다. 그런데 삼촌은 왜 우리에게 알리지 않고 그녀의 간호를 받고 있는 것일까. 그녀가 내 옆으로 바투 다가온다. 나는 한 걸음 더 옆걸음질 친다. 이경 씨, 저 말예요. 은근한 목소리다. 그녀를 쳐다보지 않는다. 그 소문들 정말 사실이에요? 나는 입을 꽉 다물어버린다. 안면 근육이 팽팽하게 당긴다. 이모가 왜 그녀를 싫어하는지 이해할 것만 같은 기분이다. 소문은 빠르게 번져나갔다. 이모와 앞방 남자가 함께 사라진 것, 이모가 손님이 맡겨둔 돈에 손을 댔다는 것까지. 소문은 산불보다 빠르다. 바람 부는 날 맞불을 놓은 것처럼 불불이 번져갔다. 이모가 훔쳐간 돈은 나로서는 처음 들어보는 헤아리기도 힘든 금액이었다. 이모가 그런 짓을 했을 거라고는 상상할 수 없다. 남의 돈에 손을 대는 사람은 이모가 아니라 나였다. 그런 짓은 이모에게 어울리지 않는다. 나는 소문을 믿지 않는다. 소문은 그저 소문일 뿐이다. 그런데도 남자가 그동안 수배 중이었다는 말만은 떨쳐버릴 수가 없다. 동네 사람들은 내가 지나가면 조심성 없게 손가락질하며 수군덕거린다. 애써 그들을 외면하며 여전히 산책을 하고 시장엘 간다. 목욕탕집 사람들도 마찬가지다. 그러나 그들은 내게 다가오지 않는다. 어떤 질문도 하지 않는다. 그녀도 내게 아무것도 묻지 않기를 바랐다. 소문은 곧 가라앉을 것이다. 자신의 일이 아닌 다음에야 사람들은 무엇이든 쉽게 잊는다. 이경 씨, 정말 그동안 아무것도 눈치 못 채고 있었어요? 나는 그녀를 노려본다. 몰라요, 나는 정말 아무것도 모른단 말예요. 이모의 억양을 흉내내어 차갑게. 그래도 그녀는 왠지 이모 앞에서처럼 고개를 수그리거나 움찔거리지 않는다. 그냥 무덤덤한 눈길로 나를 바라볼 뿐이다. 나는 이모가 아니다. 그녀는 전혀 두려워하거나 자리를 피할 생각을 하지 않는다. 삼촌을 돌보고 있는 그녀는 이전의 그녀가 아닌 성싶다. 삼촌은 아줌마처럼 뚱뚱한 여잔 싫어해요. 그녀를 한번 쏘아보고는 뒤돌아선다. 이경 씨! 걸음을 재게 움직여 내처 다리를 벗어난다. 목욕탕 입구까지 걸어온 후에 제풀에 히뜩 뒤를 돌아다본다. 여전히 다리 위에 서 있는 그녀는 한 섬 검은 점으로밖에 보이지 않는다. 내 이름을 부르는 목소리는 더 이상 들려오지 않는다. 문득 내 이름을 부르던 이모 목소리가 떠오른다. 이경아……. 고개를 흔들어버린다. 환청일 뿐이다. 이모는 떠났다. 그것도 앞방 남자와 함께 말이다. 이모가 혼자 이 도시를 떠났더라면 나는 지금보다 덜 고통스러웠을까. 그들은 저녁 여덟 시 기차를 탔다. 이모는 떠났지만 내 일상은 달라진 게 없다. 여전히 화단에서 쓰레기를 주워내고 빨래를 하고 남자 방을 드나든다. 몇 번인가 경찰서에서 사람들이 다녀간 이후에 앞방 자물쇠는 아예 뜯겨져버렸다. 그러나 아무도 그 방에 들어가지 않는다. 주인 아주머니가 방을 내놓았다고는 하지만 방을 보러 오는 사람은 없다. 남자나 나처럼 타지 사람이 아니라면 방은 나가지 않을 것이다. 주머니 속의 열쇠는 이제 필요없게 되었다. 그래도 나는 열쇠를 버리지 못하고 있다. 언제 다시 남자가 돌아올지 모른다. 남자 방은 오랫동안 나가지 않을 것이다. 적어도 소문이 꺼지지 않을 동안만큼은. 소문이 빨리 사그러들기를 바라면서도 한편으로는 좀 더 오랫동안 사람들이 기억하고 있기를 원한다. 남자가 돌아오면 열쇠를 되돌려주리라. 그러나 나는 남자가 다시 돌아올 거라고는 생각하지 않는다. 이모도 돌아오지 않을 것이다. 한번 떠난 사람들은 다시 되돌아오지 않는다. 마당에는 한 사람도 없다. 고개를 추켜세우고 남자 방으로 들어간다. 운동화도 벗지 않는다. 사내들의 구두에 짓밟힌 이부자리, 헝클어져 있는 라면 상자들, 쓰러지고 책장이 떨어져나간 책들. 남자 방은 아수라장이다. 어디 한군데 엉덩이를 내리고 앉을 수가 없다. 한동안 우두커니 서 있다가 더러워진 이부자리 위에 쭈그려 앉는다. 남자가 잠을 자고 천장을 바라보며 누워 있던 자리다. 고개를 숙여 냄새를 맡아본다. 아직도 남자의 체취가 맡아지는 것만 같다. 남자는 왜 이모와 함께 떠났을까. 이모는 하필이면 왜 다른 사람도 아닌 앞방 남자와 떠난 것일

까. 쪼그리고 앉은 채로 눈을 감는다. 눈앞이 캄캄해
진다. 그래도 눈을 뜨지 않는다. 차츰차츰 눈앞이 밝
아지면서 현란한 무늬들이 스쳐 지나간다. 그 무늬
들 사이로 이모와 남자 얼굴이 끼어든다. 나는 정말
장님이 돼버린 것만 같다. 삼 층 안마시술소 장님들
처럼 나는 엎드리고 있는 남자의 등과 어깨를 어루
만진다. 내 뜨겁고 섬세한 손길은 남자의 탄탄한 근
육을 따라간다. 몸 구석구석을 더듬는다. 엎드려 누
운 남자의 얼굴은 보이지 않는다. 아니, 나는 장님이
다. 아무것도 볼 수가 없다. 어디선가 기적 소리가
들린다. 순간적으로 나는 눈을 뜬다. 남자는 없다.

평상 위에 놓인 우편물 중에 내 앞으로 온 것은
없다. 이모 이름 앞으로 납작한 흰 봉투 한 장이 와
있을 뿐이다. 흰 봉투를 집어들면서 나는 유서를 받
아든 사람처럼 가슴이 떨리는 것을 느낀다. 그것이
누구의 유서도 아니라는 것을 잘 알고 있다. 그런데
도 이미 기울어져버린 가슴은 진정되지 않는다. 이
모는 내게 쪽지 한 장 남기지 않고 떠났다. 떠나기
전날 불을 끌 때까지, 다음 날 아침까지 아무런 낌

새도 보이지 않았다. 똑같은 얼굴이었다. 떠나기 전에 단지 내 이름을 한 번 불러주었을 따름이다. 평상에 걸터앉아 봉투를 열어본다. 연체료를 지급하라는 은행 독촉장이다. 얼마 전에는 삼촌 앞으로 의료보험조합에서 독촉장이 왔었다. 우리 집에 오는 우편물들은 그런 종류밖에 없다. 이모는 이미 이 도시를 떠났다. 삼촌도 집에 없기는 마찬가지다. 흰 봉투를 찢어버린다. 잘게 찢어진 종잇조각들을 마당으로 휙 뿌린다. 종잇조각들은 흰 국화 꽃잎 같다. 허공을 날았다가 이내 마당으로 떨어진다. 잘 가 이모, 그리고 다시는 돌아오지 마. 종이를 뿌리며 이모에게 마지막 인사를 한다. 나는 남자에게 인사도 하지 못했다. 아니 나의 존재도 알리지 못했다. 그러는 새에 남자는 떠나버리고 말았다. 그런데 정말 내가 자신의 방에 드나드는 사실을 모르고 있었을까. 남자에게도 마지막 인사를 해야 한다. 공사장은 한창 분주해 보인다. 인부들 여럿이 돌을 나르고 건물 주변의 땅을 편편하게 고르고 있다. 이제 외벽 공사는 다 끝나가는 모양이다. 건물이 완성되기도 전에 남자는 떠났다. 남자가 유리창을 닦던 높이쯤에 눈을 던진다. 유리창은 내가 쓰고 있는 안경알보다 잘 닦여 있다. 유리창을 닦고 있어야 할 남자 모습이 보이지 않는다. 유리는 이제 더러워질 것이다. 먼지가 쌓여 지울 수 없는 얼룩이 생길 것이다. 찢은 종이를 뿌리며 이모에게 했던 인사말을 되풀이해본다. 그러나 나는 다시는 돌아오지 말라는 말은 입 밖으로 꺼내지 않는다. 남자 방 열쇠는 아직 주머니 속에 들어 있다. 주머니에 손을 찔러 넣으며 공사장을 벗어난다. 남자에게 인사를 하고자 이곳에 온 것은 아니다. 해성병원으로 가기 위해서는 이 앞을 지나지 않으면 안 된다. 일부러 공사장 근처를 찾아온 건 정말 아니다. 공사장을 지나 다리 쪽으로 걸어간다. 걸음은 몹시 빨라지고 있다. 해성병원으로 가기 위해서는 남자가 일하던 공사장을 거쳐야 하고 할아버지가 있는 벽돌공장도 지나야 한다. 그러지 않으면 길이 없다. 이곳에는 지름길이라는 게 없다. 왼쪽으로 꺾어들면 바로 벽돌공장 입구다. 나는 고개를 돌리지 않는다. 먼 거리이긴 하지만 고개를 돌리면 바로 할아버지가 보이고 할아버지는 여전히 모래를 고르고 거푸집을 밀어대며 벽돌을 찍고 있을 것이다. 삼촌도 없이 혼자서 말이다. 마저 길을 지난다. 드문드문 사람들이 스쳐 지나간다. 더위 때문인지 아니면 샛강에서 풍겨나는 악취 때문인지 사람들은 모두 인상을 쓰고 있다. 거울을 보지 않아도 나는 지금 엄마처럼 내 눈썹 사이에 날카로운 주름이 새겨져 있다는 걸 안다. 손가락으로 미간 사이를 세게 문질러본다. 멀리 떠나버린 이모 얼굴에도 똑같은 주름이 있다. 수만의 인파 속에서도 단번에 이모 얼굴을 찾아낼 수 있다. 엄마의 얼굴은 이제 잘 기억나지 않는다. 엄마는 내 기억 속에서 더 늙지 않을 것이다. 내가 지금 죽는다면 사람들은 영원히 스무 살의 신이경을 떠올릴까. 그러나 나를 추억할 사람들은 과연 누구일까. 남자는 신이경을 모른다. 남자는 나를 떠올릴 수 없다. 해성병원은 이 소도시에 있는 유일한 병원이다. 병원 앞에서 잠시 멈칫거린다. 안마시술소 안내원은 내게 삼촌 병실이 몇 호인지 가르쳐주지 않았다. 그녀에게 물어보고 싶었지만 안마시술소에 들르지 않았다. 그녀가 내게 또 은근한 목소리로 이것저것 캐물을까 봐. 몰라요, 나는 아무것도 몰라요, 라고 말해도 믿지 않을 것이다.

이모는 내가 그녀와 이야기하는 것을 싫어한다. 대기실에는 두어 명의 사람들이 차례를 기다리고 있다. 일 층 원무과를 지나 어두운 복도로 걸어들어 간다. 병실은 일 층 구석부터 시작해 이 층까지 있다. 병원은 이 층 건물이다. 일 층에 있는 네 개의 병실 앞에는 삼촌 이름이 걸려 있지 않다. 사인펜으로 휘갈겨 쓴 팻말에 삼촌 이름은 없다. 나는 곤혹스러워지는 것을 느낀다. 갑자기 삼촌의 이름이 생각나지 않는다. 삼촌 이름이 뭐였더라. 어두운 복도 끝에 서서 팔짱을 지르며 골몰해본다. 할아버지 이름도 생각나지 않는다. 그리고 이모의 이름도. 엄마의 이름만큼은 정확히 떠올릴 수 있다. 뒤엉켜버린 머릿속에서 뒤늦게 삼촌 이름이 생각난다. 정태우. 다시 걸음을 돌려 이 층으로 올라간다. 삼촌을 만나면 내 이름을 알고 있는지 물어봐야겠다는 작정을 한다. 삼촌은 누런 치아를 드러내며 머쓱하게 웃을지 모른다. 정말 내 이름을 모르고 있을 테니까. 내 마음은 점점 더 차가워진다. 병원에 온 것을 후회하면서도 내처 이 층을 둘러본다. 복도 맨 끝방 앞에서 삼촌 이름이 쓰인 팻말을 본다. 물이 튀었는지 삼촌

이름은 조금 번져 있다. 정태우가 아니라 장태우처럼 읽힌다. 병실 문을 열다가 나는 빈손으로 왔다는 것을 깨닫는다. 그녀는 보자기를 들고 있었다. 그녀가 삼촌의 식사를 챙겨주고 시간에 맞춰 약을 먹였겠지. 삼촌은 내 이름도 모르고 있을 것이다. 나는 발을 돌린다. 어깨가 바닥에 내려앉을 것만 같다. 몇 걸음 걷다가 다시 등을 돌려세운다. 병실 문을 연다. 양쪽 벽으로 침대가 두 개 놓여 있다. 한 침대에는 노파가 누워 있고 옆에는 아무도 없다. 나머지 침대 한 개는 비어 있다. 삼촌의 침대일 것이다. 얇은 시트는 구겨진 채 발치에 널려 있다. 화장실에라도 간 것일까. 구겨진 시트를 개서 침대 위에 펼쳐놓는다. 삼촌이 누워 있는 자리라는 추측은 할 수 없다. 침대 옆에 물컵 한 개가 놓여 있고 반쯤 먹다 남은 주스병이 있을 뿐이다. 베개에 묻어 있는 머리카락 몇 올만으로는 삼촌의 침상인지 확신할 수 없다. 기다려도 삼촌은 오지 않는다. 나는 등을 돌리고 누워 잠자는 노파를 바라보았다가 창밖을 내다봤다가 하면서 좁은 병실을 서성거린다. 일 년쯤인가 엄마도 병원에 있다가 돌아가셨다. 보호자용 침대에서 잠을 깰 때마다 나는 눈을 뜨지 않고 오늘은 엄마가 살아 계실까 하는 생각을 했다. 그때마다 가슴은 떨렸고 될 수 있으면 자리에서 굼뜨게 일어났다. 내가 깨어날 적마다 엄마는 고른 숨을 내쉬며 잠들어 있었다. 엄마가 눈치채지 못하도록 주의하면서 안도의 한숨을 몰아쉬었다. 엄마는 내가 병원 식당에서 밥을 먹고 돌아왔을 때 숨이 멎어 있었다. 다시는 눈을 뜨지 않았다. 나는 그 후로 병원에 와본 적이 없다. 문득 정신을 차려 벽시계를 본다. 여섯 시다. 그새 한 시간이나 지났다. 삼촌은 화장실에 간 게 아니다. 삼촌은 오늘 내가 올 거라고 짐작했는지도 모른다. 그제야 삼촌이 병원을 떠났을 거라는 생각을 한다. 옆 침대의 노파는 가늘게 코까지 골고 있다. 병실 안은 아직도 환하다. 나는 천천히 병실 문을 닫는다. 역에는 문이 없다. 표를 파는 창구 안에 사내가 엎드려 잠을 자고 있다. 해가 지는지 기둥 밑으로 긴 그림자가 드리워져 있다. 빈 의자에는 쓰레기들이 널려 있다. 오늘은 화단에서 쓰레기를 골라내지 않았다. 물도 주지 않았다. 채송화며 봉숭아 꽃은 시들시들 말라버릴 것이다. 기둥 밑 그늘이 있

는 자리에 쭈그려 앉는다. 철로는 곧게 쭉 뻗어 있
다. 철로의 끝은 보이지 않는다. 침목은 윤기가 돌고
있다. 이모와 남자는 저녁 여덟 시 기차를 타고 떠
났다. 가방을 든 사람들이 역사로 들어오고 있다. 삼
촌의 모습은 보이지 않는다. 모두 처음 보는 얼굴들
이다. 사내들은 담배를 피우며 의자에 앉는다. 신문
을 펼쳐드는 사람도 있다. 엄마인 듯한 여자의 손을
잡고 있는 소녀와 눈이 마주친다. 소녀의 눈은 피곤
에 가득 차 보인다. 소녀는 기차에 오르자마자 깊은
잠에 빠져들 것이다. 엄마의 손을 잡은 소녀는 내
앞을 스쳐 지나간다. 여자는 수치스러움도 모르는
적선꾼을 만난 듯 나를 피한다. 그래도 나는 자리에
서 일어나지 않는다. 소녀는 하얀 양말을 신고 있
다. 모녀는 의자에 앉는다. 이제 소녀의 얼굴은 보이
지 않는다. 기차는 하루에 두 번 들어온다. 오후 두
시 반과 저녁 여덟 시. 곧 두 번째 기차가 들어올 시
간이다. 할아버지는 혼자 남게 된다. 늙은 육신으로
밥을 지어 먹고 빨래를 하고 벽돌을 찍어낼 것이다.
이모가 떠났다는 사실을 알면 삼촌은 돌아올지도
모른다. 그들은 예전과 같이 생활할 것이다. 단지 이

모가 없다는 것만 제외하면. 방은 넓어졌다. 나는 애초부터 그들의 가족이 아니었다. 아무도 내 이름을 기억하지 않을 거고, 내가 가꾼 화단은 금세 쓰레기로 가득 찰 것이다. 저 멀리서 기적 소리가 들린다. 나는 속엣말로 할아버지와 삼촌에게 인사를 한다. 그리고 다시는 이곳으로 돌아오지 않겠다는 말도 잊지 않는다. 내가 산책을 다녔던 샛강과 할아버지의 벽돌공장, 문득문득 마주치곤 했던 장님들과 삼촌의 여자, 그리고 다락방이 있던 어두운 집과 남자의 방이 떠오른다. 그 밖에 더 이상 기억할 게 없다. 기억할 게 많은 사람들은 떠나지 못하는 법이다. 나는 그 모든 것들을 툭툭 털어내버린다. 몸은 빈 도시락처럼 가벼워진다. 검은 연기를 토해내며 기차가 들어오고 있다. 사람들이 자리에서 일어나 가방을 집어든다. 엄마의 손을 잡은 소녀도 의자에서 일어나고 있다. 저녁 여덟 시 오 분이다. 기차는 오 분 늦게 도착한다. 사람들은 철로 가까이로 다가가 줄을 선다. 나는 기둥을 두 손으로 끌어당기며 몸을 일으켜 세운다. 동쪽 하늘은 서서히 어두워지고 있다. 짙은 보랏빛과 회색이 뒤섞인 구름이 가득하다.

나는 사람들의 맨 끝에 가서 줄을 선다. 처르륵, 열차 문이 열린다.

이틀째 비가 내렸다. 강물이 범람했고 다리가 물에 잠겼다. 전기가 끊어져 밤 내내 불이 들어오지 않았다. 태풍이 몰려왔던 것이다. 캄캄한 방 안에서 나는 이불을 깔고 베개 두 개를 나란히 놓았다. 한 개는 이모의 베개다. 촛불을 훅 불어 꺼버렸다. 촛불은 꺼지지 않았다. 다시 세게 입김을 불었다. 불이 꺼지고 흰 연기가 가늘게 피어올랐다 사라졌다. 방은 더 어두워졌다. 비가 퍼붓는 소리를 들으며 눈을 감고 있었다. 다락방에는 왼쪽 발목에 깁스를 한 삼촌이 잠을 뒤척이고 있다. 할아버지는 이틀째 돌아오지 않았다. 나는 도시락을 싸지 않았다. 벽돌공장에 가지 않았다. 할아버지의 벽돌공장에도 태풍이 지나갔을 것이다. 한데도 할아버지는 돌아오지 않는다. 삼촌은 오랫동안 뒤척이다가 잠이 들었다. 나쁜 꿈에 시달리는지 간간이 웅얼거리는 소리가 들려왔다. 다락방에 올라가 삼촌을 흔들어 깨우고 싶었다. 이모 베개에 얼굴을 묻고 비가 그치기만을 기

다렸다. 이모가 방문을 열고 들어온다. 이모 손에는
가방이 들려 있다. 집을 나가면서 들고 나간 가방이
다. 이모는 몹시 피곤한 얼굴을 하고 있다. 이모, 왜
돌아왔어. 나는 자리에서 일어나 이모에게 묻는다.
이모는 대답하지 않는다. 그러고는 스르르 내 옆에
드러눕는다. 이모의 스타킹을 벗겨준다. 발은 물집
이 잡혔고 퉁퉁 부었다. 얼마나 먼 길을 걸어온 것
일까. 한숨을 내쉬며 나는 잠에서 깨어난다. 아주 짧
은 꿈이었다. 꿈속에서도 이모 목소리를 듣지 못한
것이 못내 아쉬웠다. 다시 잠을 청해보려고 눈을 감
는다. 눈앞이 환하다. 이모 얼굴은 좀처럼 떠오르지
않는다. 빗소리도 들리지 않는다. 태풍이 다 지나간
것일까. 잠에서 깨어난 삼촌이 사다리를 타고 방으
로 내려온다. 다리를 다친 탓에 사다리를 짚고 내려
오는 삼촌 모습은 위태로워 보인다. 나는 자리에 누
워 가슴을 졸인다. 삼촌이 깨금발로 방바닥에 내려
서자 자리에서 일어난다. 삼촌 눈두덩이는 꿈에서
보았던 이모의 발처럼 부어 보인다. 잠을 설친 탓
일 게다. 머리카락도 푸스스하게 일어서 있다. 삼촌
은 비가 쏟아지던 새벽녘에 귀신처럼 방으로 슥 들

어왔다. 혼자 어두운 방 안에 누워 있다가 나는 소
스라치게 놀랐다. 앞방 남자라고 생각했다. 입을 틀
어막고 있던 손을 무릎 위로 내려놓았다. 검은 그림
자가 목발을 짚은 걸 보고서야 삼촌이라는 것을 깨
달았다. 삼촌은 비에 흠씬 젖어 있었다. 어두워서 잘
보이지는 않았지만 삼촌이 걸음을 내디딜 때마다
물방울이 뚝뚝 떨어지는 소리가 들렸다. 벽을 더듬
어 마른 수건 한 장을 떼어내 삼촌에게 건넸다. 삼
촌은 대충 물기를 닦더니 곧장 다락방으로 올라갔
다. 술 냄새는 나지 않았다. 삼촌이 밟고 있던 이부
자리 한끝은 물에 젖어 있었다. 병원에서 나온 후에
삼촌은 대체 어디에 머물렀던 것일까. 문득 안마시
술소 여자가 떠올랐다. 삼촌은 다락방에서, 나는 이
모와 할아버지가 없는 방에서 몸을 뒤챘다. 두 사
람이 비운 자리는 휑하니 넓었다. 나는 여전히 모
로 누워 몸을 웅크리고 있었다. 삼촌은 다리를 절
면서 돌아왔다. 할아버지와 이모도 언제 다시 돌아
올지 모른다. 그들의 자리는 남겨놓아야 한다. 삼촌
이 들어온 후에도 비는 무섭게 쏟아졌다. 목욕탕집
이 물에 잠기는 상상을 하며 몸을 떨었다. 강물이

범람했다는 말을 듣지 않았으면 그렇게까지 두렵지는 않았을 것이다. 다리가 무너졌다는 소리는 저녁까지 들려오지 않았다. 태풍이 시작되자마자 나는 방 안에서 꼼짝도 하지 않았다. 밥도 새로 짓지 않았고 마당에 널어놓은 빨래도 걷지 않았다. 문도 열어놓지 않았다. 그 문을 열고 들어오는 사람은 아무도 없었다. 안마시술소 여자도 오지 않았다. 이틀 동안 죽은 듯이 누워 있었다. 정말 내가 이미 죽은 것은 아닐까 싶어서 가끔은 일어나 비좁은 방 안을 왔다 갔다 하기도 했다. 신이경……, 거울을 들여다보며 내 이름을 읊조려보았다. 다락방에서 내려온 삼촌은 부엌에서 물을 마시고 있다. 드르륵 문을 연다. 비는 말끔히 그쳤다. 공동 세면대며 마당 안이 물에 헹궈낸 것처럼 깨끗해 보인다. 목발을 옆구리에 끼우고 삼촌은 밖으로 나간다. 삼촌은 또 집을 나가버릴지도 모른다. 역사를 서성거리거나 아니면 이모처럼 저녁 기차를 타고 떠나버릴지 알 수 없다. 삼촌! 나는 허겁지겁 삼촌을 불러 세운다. 삼촌이 메마른 얼굴로 뒤돌아본다. 어딜 가는 거예요? 삼촌을 똑바로 보며 묻는다. 한 번도 그렇게 삼촌을 똑바로 본 적이 없었다. 어이없다는 듯 삼촌은 손바닥으로 얼굴을 한 번 문지른다. 공장에 가지 어딜 가. 무뚝뚝한 목소리다. 옷도 갈아입지 않고 삼촌을 따라나선다. 이모는 돌아오지 않는다. 할아버지도 이틀 동안이나 귀가하지 않고 있다. 삼촌은 어제서야 겨우 방에 돌아왔다. 어쩌면 이 어두운 집에 나 혼자 남게 되는지도 모른다. 나는 혼자 있고 싶지 않다. 나도 같이 가요. 삼촌은 영문을 모르겠다는 얼굴을 하며 대꾸 없이 대문을 나선다. 화단을 스쳐 지나간다. 고개를 외면한다. 꽃들은 모두 죽어 있을 것이다. 비가 쏟아졌고 천둥 번개가 쳤다. 연약한 꽃모가지들은 모두 부러져버렸을 터이다. 강물이 범람했다. 꽃들이 무사할 리가 없다. 꽃씨를 뿌리는 게 아니었다. 삼촌은 빠른 걸음으로 저만치 앞서가고 있다. 종종걸음 치며 삼촌 뒤를 따라 걷는다. 이틀 동안 지속된 태풍 때문인지 상점들은 여태도 철시되어 있다. 목욕탕 이 층에도 셔터가 내려져 있다. 샛강은 흙투성이다. 벌건 흙탕물이 다리 밑에서 으르렁거린다. 조금만 고개를 숙이면 눈 깜짝할 새에 빨려들어 갈 것만 같다. 다행히 다리는 잠기지 않았다. 다리가 잠겼더라면 벽돌공장으로 가지 못했을 것이다. 길은 외길이다. 다리 바닥에 고여 있던 빗물이 운동화로 스며든다. 다리를 다 건너자 발바닥이 축축해진다. 절벅절벅거리며 삼촌을 놓치지 않기 위해서 걸음을 재촉한다. 삼촌은 똑바로 벽돌공장으로 향한다. 다른 곳으로 눈을 돌리지 않는다. 나는 삼촌 뒷모습을 눈으로 꽉 붙잡는다. 다리를 저는 삼촌은 나보다 훨씬 빠르게 걷는다. 뭔가 절박함이 묻어나는 걸음이다. 벽돌공장은 모든 게 허물어져 있다. 우북하니 쌓여 있던 시멘트와 모랫더미들은 온통 바닥으로 쏟아져 있다. 벽돌공장 바닥이 시멘트와 모래로 질척거린다. 그리고 팔리지 않던 블록벽돌들이 천막 위로 쓰러져 있다. 푸른색 비닐 천막은 형체도 알아보기 힘들다. 끝자락만 비죽이 나와 있을 뿐이다. 아버지! 느닷없이 삼촌이 목발을 내던지고는 할아버지를 부른다. 나는 운동화를 벗어들고 빗물에 뒤섞여버린 모래를 밟는다. 발바닥 밑이 물컹하다. 언젠가 죽은 고양이를 밟은 적이 있다. 깊은 밤이었고 하염없이 다리를 서성거리다가 집으로 돌아오는 길이었다. 목욕탕집 앞에서였다. 중심을 잡지 못하고 미끄러져버리고 말았다. 땅바닥에 주저앉아 서야 내가 밟은 것이 고양이 사체라는 것을 알아차렸다. 소리를 질렀다고 생각했으나 목소리는 나오지 않았다. 나는 정신없이 대문 안으로 뛰어 들어왔다. 그때 그 감촉이다. 삼촌은 블록벽돌들을 들어낸다. 빗물에 잠겨 있던 벽돌들은 손을 대자마자 퍼석하게 부서져버린다. 삼촌은 허둥거리며 삽을 찾아든다. 다리를 절룩거린다. 젖은 시멘트며 모랫가루들이 튀어오른다. 깁스한 자리에는 금세 얼룩이 번져든다. 아버지…… 아버지! 삼촌이 할아버지를 부르는 목소리는 생경하기만 하다. 그러고 보니 삼촌이 할아버지를 부르는 소리를 처음 듣는다. 그런데 할아버지는 대체 어딜 간 것일까. 여느 때 같았으면 벌써 공장에 나와 있을 시각이다. 모래를 체치고 거푸집을 밀고 있어야 한다. 팔려나가지 않아도 묵묵히 벽돌을 찍어내던 할아버지였다. 삼촌은 삽으로 천막 위로 무너진 블록벽돌들을 퍼낸다. 언젠가 내가 그랬던 것마냥 퍼낸 가루들을 획획 뿌린다. 먹구름 사이로 태양이 드러난다. 눈이 부시다. 삼촌 손놀림은 점점 더 빨라지고 있다. 할아버지는 어디에 있을까……. 나는 또 꿈을 꾸고 있는 거라고 생각한다. 어떤 불길한 꿈이라도 잠에서 깨나면 곧 사라지고 만다. 나는 눈을 비벼대며 주문을 외운다. 꿈이야, 이건 정말 기막힌 꿈이라고. 할아버지는 천막 안에 있었다. 블록벽돌들은 천막을 덮쳤다. 천막은 형체도 알아보기 힘들다. 삼촌은 흙더미 위에 엎어져 울부짖는다. 나는 눈을 감고 등을 돌려버린다. 더 이상 어떤 시간도 목도하고 싶지 않다. 삼촌의 울음소리가 허공을 휘몰아친다. 나는 그제야 할아버지가 어디 있었는지 깨닫는다. 할아버지. 나는 돌아선 채로 할아버지를 부른다. 할아버지는 왜 집으로 돌아오지 않았을까. 태풍이 치는데도 왜 천막 안에서 잠을 잤을까. 꽃들은 왜 죽지 않은 걸까. 채송화, 분꽃, 그리고 뒤늦게 핀 봉숭아꽃. 꽃들은 활짝 피어 있다. 이틀 동안 무섭게 비가 퍼부었고 나는 꽃들을 돌보지 않았다. 며칠 전부터 물도 주지 않았고 쓰레기들을 골라내지도 않았다. 한데도 꽃들은 만개했다. 몇개 대궁은 부러지거나 휘어져 있긴 하지만 뿌리가 뽑힌 것은 없다. 이상한 일이다. 강물이 범람했고 전기도 끊어졌었다. 목욕당집 전체가 빗물에 휩쓸려

갈 정도였다. 그런데도 꽃들은 죽지 않았다. 활짝 핀 꽃들은 벌어진 대합 속살처럼 징그럽기만 하다. 나는 매운 손끝으로 꽃모가지들을 똑똑 부러뜨린다. 입을 꾹 다문다. 한쪽 손바닥이 채송화, 분꽃, 봉숭아 꽃잎들로 가득해진다. 화단에서 줄기를 뽑아낸다. 대궁은 생각보다 질기다. 좀 더 힘을 주자 뿌리가 뽑혀 나온다. 태양이 높게 떠올랐는데도 강물은 여전히 흙탕물이다. 출렁출렁거린다. 수위는 낮아지고 있다. 다리 난간을 붙잡고 강물을 내려다본다. 상체를 좀 더 숙인다. 흙탕물 위로 어디선가 떠내려온 듯한 쓰레기 더미가 둥둥 떠다닌다. 강이 아니라 터진 하수구나 시궁창 같기만 하다. 태양은 점점 더 높이 떠오르고 있다. 골속이 지끈거린다. 만약 모래보다 시멘트를 더 많이 섞었더라면 벽돌은 그렇게 쉽게 무너져버리지 않았을 것이다. 할아버지는 자신이 만든 벽돌에 깔려 죽었다. 난간을 붙잡고 구토를 한다. 목구멍을 타고 넘어오는 것은 아무것도 없다. 끈적한 침만 턱 밑으로 흘러내린다. 나는 주머니 속에 들어 있는 꽃모가지들을 꺼내 강물 위로 떨어뜨린다. 구겨진 꽃잎들이 후득거리며 내 손을 벗어난다. 하얗고 붉은 꽃잎들이 천천히 나부끼며 강물 위로 내려앉는다. 흙탕물이 단숨에 꽃잎을 삼켜버린다. 침을 닦아내고는 뒤돌아선다. 운동화 밑창은 아직도 물에 젖어 있다. 걸을 때마다 절벅절벅 소리가 난다. 몇 걸음 걷다가 뒤돌아선다. 난간을 꽉 붙잡는다. 주머니 속에 손을 넣는다. 샛강을 향해 주먹 쥔 손을 펼친다. 반짝이는 은빛 물체가 강물 위로 떨어진다. 남자 방 열쇠다.

방은 아주 넓어졌다. 이모와 할아버지가 없기 때문이다. 다락방은 좁고 어둡다. 나는 삼촌과 한 이불에서 잘 수도 있다고 생각한다. 이모 자리를 남겨두어도 삼촌이 누울 수 있는 공간은 넉넉하다. 사다리를 치웠다 다시 세워놓았다 해야 하는 번거로움도 없다. 사다리를 세워놓고도 이불을 깔 수 있다. 그런데도 삼촌은 다락방에서 잠을 자고 술을 마신다. 요강도 버리지 않았다. 방은 할아버지와 이모가 있을 때와 달라진 게 없어 보인다. 단지 넓어졌다는 것밖에. 삼촌은 밥 먹을 때만 나와 마주 앉는다. 밥상 앞에서도 삼촌은 나를 바라보지 않는다. 우리는 서로 눈을 피하며 밥을 먹는다. 함께 밥을 먹는 시간도 아주 드물다. 삼촌이 방을 나갈 때마다 나는 방 안을 서성거린다. 설거지를 하고 마당을 쓸면서도 대문에서 눈을 떼지 못한다. 다행히 삼촌은 석양이 지면 다시 돌아온다. 삼촌이 올 때까지 기다렸다가 늦은 저녁식사를 한다. 빨랫감도 줄어들었다. 더 이상 이모와 할아버지의 빨랫거리가 없기 때문이다. 주인 아주머니에게 수돗세와 전기세, 오물세를 줄여달라고 말했다. 주인 아주머니는 인상을 쓰며 방을 비워달라고 했다. 나는 싫다고 했다. 여전히 할아버지와 이모가 있을 때만큼 세금을 낸다. 그렇다고 아직까지 이모를 기다리는 것은 아니다. 이모는 돌아오지 않는다. 그리고 할아버지도. 삼촌과 나는 이 방을 떠나지 못하고 있다. 삼촌에게 이사를 가자고 말해본 적은 없다. 삼촌도 방을 옮길 생각은 하지 않는 것 같다. 삼촌은 매일 저녁 방으로 돌아온다. 할아버지가 있을 때처럼 외박을 하는 경우도 없다. 술도 많이 마시는 것 같지 않다. 삼촌이 귀가해야만 안도의 한숨을 내쉰다. 한번은 삼촌 뒤를 미행한 적이 있다. 삼촌은 절룩거리며 목욕탕 건물을 지나더

니 다리를 비켜갔다. 그 길로 죽 걸어가면 역이 나
온다. 삼촌은 고개도 돌리지 않고 곧장 역사로 향했
다. 삼촌이 눈치채지 못하도록 몸을 숨기며 뒤를 따
라 걸었다. 표를 파는 사내는 보이지 않았다. 언젠가
그랬던 것처럼 삼촌은 철로를 바라보며 담배를 피
웠다. 시간은 오전 열한 시가 조금 넘어 있었다. 기
차가 들어오려면 한참을 더 기다려야 한다. 숨을 죽
이며 삼촌을 놓치지 않았다. 삼촌은 담배를 다 피우
고 나더니 몸을 돌렸다. 역사를 나와 다리 쪽으로
걸어갔다. 다리를 건너면 할아버지의 벽돌공장이
나온다. 삼촌의 어깨는 축 늘어져 있었다. 다리 앞
에서부터 더 이상 삼촌을 뒤쫓지 않았다. 삼촌은 저
녁에 무연한 얼굴로 귀가했다. 나는 밥을 짓고 있었
다. 그 뒤로 역사에 가보지 않았다. 태풍 때문에 한
때 철로가 끊어지기도 했지만 복구되었다. 지금도
예전처럼 하루에 두 번 기차가 들어온다. 나는 기차
시간표를 모른다. 새벽녘쯤 잠을 자다가 벌떡 깨어
나는 경우가 있다. 홀연히 자리에서 일어나 다락방
을 올려다본다. 어떨 때는 사다리를 타고 올라가보
기도 한다. 삼촌은 곤히 잠들어 있다. 삼촌이 깨어나

지 않도록 도둑걸음으로 사다리를 내려온다. 다시 이불을 쓰고 누워 잠을 청한다. 그런 날은 뜬눈으로 지새우게 마련이다. 서랍에서 검정고시 학습지를 꺼내 읽다 보면 또 시간이 갔다. 꽃들은 다 어디로 날아가버렸는지 한 포기도 보이지 않는다. 작고 까만 씨앗들도 떨어져 있지 않다. 이전부터 쓰레기통이었던 것처럼 담배꽁초며 과일 껍질들만 쌓여 있다. 모종삽으로 화단 흙을 쑤석거린다. 잔돌맹이가 많고 시멘트 조각들이 박혀 있다. 이 거친 흙을 뚫고 한때 꽃들이 피었다는 게 믿기지 않을 지경이다. 묵묵히 흙을 파헤친다. 삼촌의 오줌이라도 몰래 뿌리고 싶다. 거름이 필요할 것이다. 내년 봄에도 나는 이 작은 화단에 꽃씨를 뿌리고 있을까. 애써 외면하며 남자 방 쪽을 쳐다보지 않는다. 그러나 나는 남자 방 쪽마루 앞에 날짜 지난 신문들이 쌓여 있다는 걸 안다. 아무도 그것을 치우지 않는다. 방을 보러 오는 사람도 없다. 묵은 신문은 점점 더 쌓여간다. 대문을 지날 때마다 고개를 돌려버린다. 그래도 신문이 쌓여간다는 건 알고 있다. 뒤엎은 흙에서 시멘트 조각과 굵은 나뭇조각들을 골라낸다. 지렁이도 몇 마리 꿈틀거리고 있다. 시멘트 조각을 골라내자 화단 흙은 반 뼘쯤 줄어든다. 아무래도 삼촌 오줌을 훔쳐야 할 성싶다. 흙은 기름지게 변할 것이다. 그녀는 아침부터 부엌에서 분주하다. 갖가지 음식들을 만들고 있다. 제 집에 들어서는 양 무람없이 식료품이 든 비닐봉지 두 개를 들고 들어왔다. 숨이 가빠 보였다. 그녀는 날이 갈수록 더 체중이 불고 있다. 긴 머리와 맨발인 것도 여전하다. 그녀는 부엌 바닥에 쭈그리고 앉아 애호박을 썬다. 그녀의 맨발 옆으로 쥐며느리 한 마리가 기어간다. 기회가 생기면 삼촌에게 부엌 장판을 갈아달라고 말하고 싶다. 부엌 장판은 너덜거리고 구멍이 뚫려 있다. 그 사이로 축축한 벌레들이 기어다닌다. 뭐하는 거예요? 나는 그녀에게 묻는다. 그녀는 애호박을 동글동글하게 썰고 있다. 호박전 부칠려구요. 부엌문을 가로막고 서서 그녀가 하는 양을 바라본다. 문을 가로막고 서서 그런지 부엌은 어둡다. 나는 신발을 벗고 부엌 안으로 들어선다. 그녀는 애호박을 너무 두껍게 썰고 있다. 그리고 녹색 고추와 붉은색 고추도 마름모꼴로 썰어놓지 않았다. 호박전은 그렇게 부치는 게 아녜

요. 나는 쏘아붙이듯 말한다. 그녀에게 말할 때면 저
도 모르게 이모의 억양을 흉내내고 있다는 걸 깨닫
는다. 그래도 그녀는 나를 두려워하거나 자리를 피
하지 않는다. 그럼 아가씬 어떻게 하는데요? 그녀
가 싱긋이 웃으며 나를 바라본다. 비켜봐요. 나는 그
녀를 밀어낸다. 그녀가 자리를 내주고 물러앉아 허
리를 툭툭 두드린다. 칼을 쥐고 애호박을 얇게 썬다.
너무 얇게 썰어도 모양이 나지 않는다. 적당한 두께
로 호박 한 개를 다 썰어놓는다. 그녀는 나물을 데
친다. 도라지와 고사리 나물 두 가지. 밀가루와 달걀
물을 입힌 호박을 프라이팬에 올려놓는다. 노란 호
박 위에 색색의 고추를 고명으로 얹는다. 물이 끓기
를 기다리는 동안 그녀는 호박전 부치는 걸 지켜보
고 있다. 고소한 기름 냄새가 좁은 집 안을 가득 메
우고 있다. 아가씨, 잘하시네요. 그녀는 왜 나를 아
가씨라고 부를까. 모양이 흐트러지지 않도록 가만
가만히 호박을 뒤집는다. 이모와 할아버지가 있을
때는 나를 그렇게 부르지 않았다. 그들이 사라지고
나자 그녀는 나를 꼬박꼬박 아가씨라고 부른다. 이
모가 있을 때 그녀는 이모에게 아가씨라 불렀었다.

이모는 질색을 했다. 내 이름은 신이경이에요. 나는
이모처럼 진저리 치는 시늉을 하며 뇌까린다. 호박
전이 타고 있다. 얼른 접시 위로 덜어놓고 다시 프
라이팬 가장자리부터 새 호박을 올려놓는다. 그녀
는 가만히 나를 바라본다. 아가씨. 그녀를 쳐다보지
않고 프라이팬만 주시하고 있다. 괜히 불을 약간 줄
이기도 한다. 아가씬 내 이름 알고 있어요? 그녀가
왜 내게 이런 질문을 하는지 영문을 알 수 없다. 나
는 그녀의 이름을 알고 싶지 않다. 그러고 보니 그
녀에게도 이름이 있다는 게 신기하기조차 하다. 그
녀는 안마시술소 안내원이나 아니면 이모가 불렀던
것처럼 그 여자, 라는 칭호가 어울린다. 삼촌은 그
녀를 어떻게 부를까. 내 이름은 양미순이에요, 양미
순. 그녀가 후르륵 제 이름을 알려준다. 물이 끓잖아
요. 나는 호박전을 뒤집으며 그녀에게 쏘아붙인다.
그녀는 입을 다물고 끓는 물 속에 나물을 집어넣는
다. 굵은 대젓가락으로 휘휘 젓는다. 삼촌은 다리를
절뚝거리며 조기 두 마리를 들고 들어온다. 그녀가
비늘을 벗기고 찜통에 넣는다. 김이 오르면 찐 생선
위에 통깨를 뿌리고 붉은 실고추를 얹을 것이다. 나

는 그녀 앞으로 노릇하게 지져진 호박전 한 접시를
내놓는다. 통통한 손을 내밀며 그녀가 미소짓는다.
그녀를 따라 입술을 양쪽으로 벌려본다. 웃음이 나
오지 않는다. 오랫동안 웃어보지 못했기 때문일 것
이다. 연습이 필요한 일은 생각보다 많을지 모른다.
나는 그대로 입술을 늘이며 방바닥을 닦는다. 새로
닦은 방바닥 위로 삼촌이 커다란 상을 펼쳐놓는다.
주인 아주머니에게 빌려온 상이다. 삼촌이 상 한가
운데 할아버지 사진을 올려놓는다. 그녀가 음식들
을 날라온다. 나는 그녀가 상 모서리에 올려놓은 호
박전 접시를 할아버지 사진 바로 앞으로 옮겨놓는
다. 할아버지는 호박전을 좋아한다. 그녀가 쟁반을
들고 서서 상을 둘러본다. 나는 그녀의 배를 흘깃거
린다. 배는 불룩히 솟아 있다. 벌써부터 나는 그녀
배 속에서 나올 아기의 발가락이 어떻게 생겼을까
궁금해진다. 그녀처럼 하얗고 기름기름한 발가락일
지 아니면 삼촌이나 할아버지처럼 짧고 뭉툭한 발
가락일지. 아무려나 삼촌은 곧 아버지가 되고 나는
사촌을 얻게 된다. 꽃씨를 뿌릴 때쯤 아기는 태어난
다. 이모가 빠지기는 했지만 모처럼 식구가 다 모였

다. 사진 속의 할아버지, 삼촌과 그녀. 그리고 나. 밥상은 꽃밭처럼 화려하다. 오늘은 할아버지 생신날이다.

작품 해설

무덤에서 요람으로

김미현(문학평론가)

인간은 산산이 부서진 라디오와 같은 상태로 태어난다.
그러므로 본래의 기능을 발휘하기 위해서는
스스로 자기 고장을 고쳐야 한다.

—블레이크

불행은 우성優性이고 행복은 열성劣性이다. 그래서 불행은 유전되지만 행복은 유전되지 않는다. 노력하지 않아도 불행해지는데, 노력해야만 행복해지는 이유는 여기에 있다. 이런 유전형질과 획득형질을 문제 삼을 때 불행과 행복이 '피'와 관계된 문제임이 밝혀진다. 그리고 피는 곧 '가족'의 문제임도 알게 된다. 불행은 피를 나눈 가족들을 통해 대를 이어 유전된다. 마치 혈액형처럼. 돌연변이 같은 행복은 돌발적인 사고로만 발생한다. 그리고 톨스토이가 이야기했듯이 행복한 가정은 서로 모양이 비슷하지만 불행한 가정은 각기 다른 독특한 방식으로 불행하다. 행복은 열성인 O형 하나이지만 불행은 우성인 A형, B형, AB형 등 여러 가지로 다양한 것처럼. 행복은 행복과 만나야만 행복이 되고, 불행은 행복을 만나도 불행이 된다. 그것이 우성인 불행의 운명이다.

그런 사실을 누구보다도 잘 알기에 이전부터 조경란에게 가족은 식빵처럼 가장 손쉽게 만들 수 있으나 잘 만들기 가장 어려운 존재였다. 또한 자신과 분리될 수도 없고, 설사 떨궈낸다 해도 자신을 유령으로 만드는 그림자와도 같은 존재이기도 했다. 벗어날 수 있다면 남이다. 그리고 분석하거나 비판할 수 있다면 철학이다. 그러나 가족은 벗어날 수 없는 또 다른 '나'이고, 분석이나 비판이 아니라 믿음과 의지가 필요한 신학이다. 그래서 가족은 가슴으로 만나는 것이지 머리로 만나는 것이 아니다. 조경

108

란 소설 속의 이런 가족들은 불완전하다는 의미에서 악하고, 한곳에 머물러 있지 못하게 한다는 점에서 불안하다. 악함과 불안함은 불행의 기본 요인이다. 이런 가족의 불행에 대해 관심을 갖고 아파한다는 점에서 조경란은 보수적인 가족주의자이다. 그리고 굳은살 같은 가족을 통해 '가족은 나에게 어떤 의미가 있는가'가 아니라 '나는 가족에게 무엇인가'라는 주체적이고 적극적인 문제로 관심을 돌린다는 점에서 온건한 실천주의자이기도 하다.

어김없이 강력한 불행의 여러 가지 다양한 혈액형을 지닌 가족이 조경란의 중편소설인 『움직임』을 움직이게 하는 동력이다. 이 소설 속의 주인공이자 일인칭 화자인 '나'는 "혼자 있고 싶지 않다"라는 열망 때문에 유일한 가족이던 엄마가 죽은 후 외할아버지를 따라 외갓집으로 온다. 그런데 이모와 삼촌이 있는 외갓집으로 온 후에도 "누구의 배 속도 빌리지 않고 세상에 혼자 태어난 사람처럼 나는 여전히 혼자다". 이 소설이 맨 처음에 "나에게 새 가족이 생겼다"라는 문장으로 시작됨에도 불구하고 그 다음다음의 문장이 "나는 혼자 밥을 먹고 아침이면 혼자 어두운 방 안에 남겨진다"로 이어지는 것도 바로 이 때문이다.

'나'의 외갓집은 집이 아니라 차라리 "가족이라는 허울을 뒤집어쓴 이상한 동물원"이다. 온 식구가 모여 함께 밥을 먹은 적이 없다. 할아버지가 집에 있을 때는 삼촌이 들어오지 않는다. 삼촌은 신김치를 싫어하는 반면 이모는 금방 담근 김치에는 손도 대지 않는다. 이처럼 제각각이니 이 소설 속의 가족은 대화가 거의 없는 '조용한 가족'이다. 싸울 때가 아니면 말을 하지 않는 "목소리를 잃어버린 사람들"로 구성되어 있기 때문이다. 이때의 침묵은 일체감이나 편안함의 징표가 아니라 적의나 무관심의 표출이다. 무엇보다도 이모는 새로운 가족인 '나'의 이름을 마치 남처럼 "신이경"이라고 성까지 붙여서 부르다가 떠나기 직전에 단 한 번 "이경아"라고 이름만 부르며, 삼촌은 '나'의 이름 자체를 모르는 것처럼 보인다. '나' 또한 할아버지나 삼촌, 이모의 이름이 잘 생각나지 않는다. 가족이란 원래 이름을 만들어주고 그것을 가장 많이 불러주는 사람들이다. 역시 '나'에게는 가족이 없다.

가족의 이런 부재는 조경란의 다른 소설인 「내 사랑 클레멘타인」에서 묘사된 것처럼 가족들을 무당벌레로 만들기 쉽다. 자기가 깨고 나온 알껍질을 뜯어먹는 무당벌레의 애벌레들처럼 '나'의 가족들 또한 자신들의 출생의 흔적을 지워버려야 한다는 강박관념에 시달리고 있다. 이런 가족들에게는 자신도 다른 가족의 벽이고, 다른 가족들도 자신의 벽일 수밖에 없다. 더구나 그 벽은 벽의 유일한 장점인 보호성조차 없어 벽답지도 못하다. 단단하지 못하기 때문이다. 할아버지가 무허가로 만드는 벽돌에는 시멘트에 비해 모래가 너무 많이 들어간다. 그래서 할아버지의 벽돌공장에 가면 "사막에서 나는 냄새"가 난다.

　이처럼 곧 무너져 내릴 것 같은 벽돌들로 만들어진 집에 사는 가족들은 아플 수밖에 없다. 사막에서도 살 수 있는 것은 낙타밖에 없다. 그래서 낙타가 아닌 '나'의 가족들은 모두 환자이다. 키가 작고 몸집이 왜소한 이모는 흉몽에 시달리면서 신음소리를 낸다. 등허리쯤에 새끼손가락만 한 물혹이 달려 있는 늑막염 환자인 삼촌은 매일 한 움큼씩의 약을 먹는다. 나중에는 다락방에서 내려오다 떨어져서 다리까지 다친다. 그리고 귀나 눈을 닫고 술만 마시는 할아버지의 허리는 날마다 휘어간다. '나' 또한 할아버지의 공장에 있는 모래를 없애려고 하다가 눈으로 날아들어간 모래알들 때문에 장님이 된 것만 같다. 엄청난 어둠이 '나'의 앞에 펼쳐지고 있는데도 '나'는 눈뜬 장님처럼 무력하다.

불행이 우성인 것은 전염성이 있기 때문이다. 한 사람이 불행하면 그 주변 사람들도 불행하다. 그래서 각기 다른 이유로 불행하면서도 불행하다는 이유로 인해 서로 닮아가는 것이 가족이다. 피를 나누어 가지듯이 불행을 나누어 가지는 것이 바로 가족이니까. 엄마와 이모는 신음소리를 내며 흉몽을 꾼다는 점과, 미간에 깊은 주름이 있다는 점에서 서로 닮았다. 그녀들의 어둡고 우울한 삶이 흉몽과 주름으로 나타난다. 그런데 신기하게도 '나' 또한 엄마나 이모처럼 눈썹 사이에 날카로운 주름이 새겨진다. 어느 날은 이모처럼 "지긋지긋해"라고 발음해보기도 한다. 그리고 삼촌이 사다리에서 굴러떨어져 다리를 다치자 '나'는 그것이 마치 자신의 잘못인 것처럼 괴롭다. "나 때문에 일어난 사고가 아니다"라고 자꾸 되뇌지만 "모든 것이 내 잘못인 듯하다". 그래서 굴러떨어진 삼촌처럼 자기도 "절뚝거리며" 사다리를 들고 나간다. 가족의 피는 90%가 이처럼 전염성 강한 상처로 이루어져 있다.

가족이 가장 폭력적일 때는 이처럼 보고 싶지 않은 상처를 자신과 비슷한 얼굴을 통해 확인시켜줄 때이다. 고통으로 일그러진 가족들의 얼굴은 숨기고 싶었던 바로 자기 자신의 얼굴이다. 그래서 '나'는 상처로 비슷해진 이모나 삼촌 같은 가족이 아니라 가족이 아닌 다른 사람 속에서 자신을 발견하려고 한다. 앞방 남자는 긍정적인 의미에서, 삼촌의 여자는 부정적인 의미에서 '나'의 거울이 되는 인물들이다. '나'가 앞방 남자에게 관심을 갖게 된 것은 그가 자신처럼 "타지 사람"이기에 배달되는 우편물이 전혀 없다는 사실 때문이다. "비슷한 처지에 있는 사람들은 금방 서로를 알아보는 법이다." 그래서 '나'는 훔친 열쇠로 그의 방에 몰래 들어가 그의 체취와 흔적을 더듬는다. 그의 방에 들어가면 익숙함과 안온감을 느끼면서 혼자 있다는 생각을 하지 않아도 된다. 이모의 지갑에서 몰래 훔친 돈으로 그의 밀린 방세를 내주는 것도 그가 떠나는 것이 싫기 때문이다. 하지만 이런 '나'의 마음을 모른 채 그는 이모와 함께 도망간다. 이처럼 '나'가 좋아했던 남자는 '나'를 떠나고, '나'가 멸시했던 삼촌의 여자는 '나'의 곁에서 떠나지 않는다. "나는 그녀와 내 처지가 비슷하다고는 생각하지 않는다"라고 아무리 반어적으로 이야기해도 소용없다. '나'와 그녀는 외갓집 식구들로부터 냉대받고 소외된다는 점에서 삼쌍둥이처럼 닮았다. 그래서 이모가 그녀를 힐난하려고 부를 때 '나' 또한 "마치 이모가 나를 부른 것처럼" 이모를 돌아본다. 사랑보다 강한 것이 연민이다. 사랑은 사람을 떠나게 할 수도 있지만 연민은 사람을 떠나지도 못하게 한다.

이런 의사擬似 가족들 속에서는 시간마저 "완류"로 흐를 수밖에 없다. 너무 느리게 흐르기에 마치 정지된 것만 같은 시간 속에서 '나'가 할 일이란 아무것도 없다. 그저 그런 시간을 견뎌야만 한다. 다른 식구들도 사정은 마찬가지이다. '나'가 역사驛舍에 나가 하루에 두 번 들어오는 서울행 기차를 기다리

듯이 삼촌 또한 그곳을 서성인다. 그들은 떠나고 싶은 것이다. "누군가 내 어깨를 잡아끌어 아주 먼 곳으로 훌쩍 데려가버렸으면 좋겠다"는 소망이 그들을 역사에서 배회하게 만든다. 하지만 정작 그 기차로 집을 떠난 것은 이모이다. 온전한 자기만의 방도 없고, 대학에 가려는 꿈도 좌절되었으며, 매일 똑같이 농협에서 돈 세는 일을 반복해야 한다면 누구라도 떠났을 것이다. 그래서 '나'는 이모를 이해한다. 이모는 '나'의 잠재태의 발현이다. 반면 할아버지는 죽음의 방식으로 집을 떠난다. 태풍으로 인해 자신이 만든 벽돌에 깔려 죽은 할아버지는 그런 상황을 피할 수도 있었다는 점에서 그 죽음이 자살일지도 모른다는 혐의로부터 자유롭지 못하다. 떠나든 죽든 그들의 사라짐으로 인해 가족 속에 빈자리가 생긴다. "방은 넓어졌다." 그리고 "한번 떠난 사람들은 다시 되돌아오지 않는다". 그래도 삼촌과 '나'는 할아버지와 이모의 빈자리가 있는 그들의 방을 떠나지 못한다.

왜 그들은 떠나지 못하는가. 가족 간에 자리바꿈이 일어나고 새로운 가족이 생겼기 때문이다. 사람은 떠나도 자리는 남는다. 그리고 빈자리는 다른 사람으로 채워지게 마련이다. 우선 이모의 빈자리는 '나'가 메운다. '나'는 어느새 삼촌의 여자에게 이야기할 때 이모의 억양을 흉내내면서 이모처럼 이야기하고 있다. 그녀 또한 이모를 부를 때처럼 '나'를 "아가씨"라고 부른다. 그리고 이름에 관심이 없었던 이전의 가족들과는 달리 그녀는 자신의 이름이 "양미순"임을 먼저 알려준다. 새로운 가족이 되는 통과제의를 제대로 치르는 것이다. 이름은 유전되지 않으니까 노력해서 알아야 하는 행복의 조건이다. 이모의 역할을 하게 된 '나'의 빈자리는 그녀가 차지한다. 소설의 서두에서 '나'가 할아버지를 위해 부쳤던 애호박전을 이제는 그녀가 부치고 있다. 죽은 할아버지는 사진 속이나 그녀의 불룩한 배 속에 있다. 할아버지는 죽었지만 새 아기는 태어날 것이다. 가족을 낳는 것은 가족이다. 그래서 '나'는 내팽개쳐두었던 조그마한 화단을 다시 가꾸기 시작한다. "꽃씨를 뿌릴 때쯤 아기는 태어난다." 때문에 소설의 시작에서는 "모두 모여 식사를 한다는 건 고래나 염소 같은 포유류 동물이 하늘을 나는 것만큼이나 불가능하게" 생각되었지만 끝에서는 남은 식구들이 모두 모인다. 이때 할아버지의 제사상은 "꽃밭"이 되고, 제삿날은 "생신날"이 된다.

이처럼 새롭게 형성된 가족은 이전의 가족과 다르다. '나'가 아무리 이모를 대신해도 "그녀는 나를 두려워하거나 자리를 피하지 않는다". '나'는 이모가 아니기 때문이다. 또한 삼촌의 아이는 짧고 뭉툭하면서 벌어지기까지 한 못생긴 외가쪽 발을 닮지 않고, 고르고 하얀 그녀의 아름다운 발을 닮을 수도 있다. 완류 속에서도 시간은 흐르고, 아무것도 하지 않은 듯한 움직임 속에서도 변화는 있다. 특히 '나'의 가족의 변화는 단순한 재생산이 아니라 확대 재생산이라는 점에서 그 운동성과 진전성을 담보하게된다. 새로운 가족은 부활이나 반복, 동일한 것이나 유사한 것의 재생산이 아니라 차이의 증가나 다양성의 생산을 말한다.

그리고 가족의 바람직한 확대 재생산을 위해서는 집을 두고 떠나지 않기, 집 안에서 집 밖 겪기, 집과 함께 움직이기, 그래서 집을 떠난 것 같지 않거나 움직이지 않은 것 같아도 앞으로 나아가 있기 등의 움직임이 필요하다. 집을 떠나지 않는 자가 움직이는 방법이자 조경란의 『움직임』이 보여주는 가족의 동선動線이 바로 그런 것들이다. 부동성·고착성·정착성으로 인한 무거움을 극복하기 위해서는 방황·분산·균열의 가벼움이 필요하다. 어떠한 움직임도 정지보다는 낫다. 그리고 움직이기 위한 길은 집 안에 있다. 이때 정착과 유목의 경계는 사라진다. 이것이 바로 천천히 그리고 조금씩 가족의 피를 바꾸는 방법이다. 새로운 가족을 만들기 위해서는 새로운 피를 섞어야 한다. 그리고 불행한 피는 행복한 피를 섞어야 희석된다. 하지만 피를 전부 바꾸면 죽는다. 그래서 조금씩 피를 바꾸는 방법이 이렇게 움직이는 것이다.

이런 움직임을 위해 조경란은 진짜 장님이 되려고 한다. 집을 떠나는 것은 장님이 눈을 뜨는 것처럼 어렵다. 아니 거의 불가능하다. 어둠은 장님의 천형이다. 그런 어둠을 극복하기 위해서는 장님처럼 걸어야 한다. 어둠에 익숙해지면서 그 속에 있는 질서를 찾아야 한다. 어둠 속에도 빛이 있고, 어둠이 없으면 빛도 없다. 그리고 어둠 속에서 발견한 빛이 가장 밝다. 이런 모순 아닌 모순을 통해 장님들은 "보이지 않는 끈"을 따라가는 것처럼 다리를 건널 수도 있고, "이마나 콧등 위, 아니면 손가락 같은 부위"에 눈이 달려 있는 것처럼 화투를 칠 수도 있다. 그들은 세상을 보지 않고 만진다. 그런 그들에게는 마음이 곧 눈이 된다. 그리고 마음의 눈은 어두울 때 더욱 빛난다. 이런 장님들의 시각은 썩은 강물도 안경을 벗거나 높은 곳에서 내려다보면 짙푸르고 맑게 보이는 것과 같은 이치로 확보된다. 절제와 인내, 거리의식이 이런 인식 전환을 위한 '높이'를 형성해준다.

이토록 힘들게 조경란이 그려내는 가족은 '움직이는 집' 속에 산다. 조경란에게는 한곳에 머물러 있기에 발견하기만 하면 되는 것이 아니라 조금씩 움직이고 있기에 찾아다녀야 하는 것이 가족이다. 그리고 '이곳'에서 가족을 만들지 못하면 '저곳'에도 가족은 없다. 집에서 행복할 수 없으면 세상 어디를 가도 행복할 수 없다. 이처럼 1차적 혈연집단인 가족조차 힘들어서 노력해야 할 대상이라는 점을 통해 인간들의 고단한 삶을 보여주는 것이 조경란의 소설이다. 그리고 가족의 기득권이 사라진 시대에 가족을 일구는 어려움을 일깨우는 것이 그녀의 소설 『움직임』이다. 가족의 해체를 이야기하면서 가부장적 이데올로기나 성의 왜곡으로부터 자유로운 이유도 조경란이 이처럼 실존적인 황무지로서의 가족을 문제 삼고 있기 때문이다. 이와 같은 특징을 공유하면서도 가족이 아니면 누구라도 사랑할 수 있을 것 같다는 배수아와는 달리 가족을 사랑하면 누구도 사랑할 수 있게 된다는 것이 조경란이다. 조경란은 이 세상 어디에도 영원한 안전지대는 없기에 가족 아닌 사람과 집 밖에서 이루는 삶도 가족인 사람과 집 안에서 이루는 삶과 다를 바 없다고 생각한다. 이런 이유로 조경란의 움직임은 탈주를 포기한 자의 정체停滯가 아니라 탈주를 초월한 자의 소요逍遙에 가깝다. 도피나 칩거가 아니라 저항이나 인고에 해당한다. 딱딱하게 부딪치는 고체적 움직임이 아니라 부드럽게 스며드는 액체적 움직임이기도 하다.

그래서 '나'는 강제적인 억압에 의해 갇혀 있는 것이 아니라 자발적인 선택에 의해 집에 남아 있는 것이다. '나'는 떠나는 것이 아니라 남는 것을 선택했다. '나'가 원한 것은 가족의 거부가 아니라 재건이었기 때문이다. 이런 가족의 재건을 위해서는 세상이 아니라 자아가 문제시된다. 자아가 움직이면 세상도 움직인다. 그리고 세상 자체가 본래 요람이 아닌 무덤임을 인정한 이후에야 비로소 세상은 요람으로 변할 수 있다. 이때 집의 외부와 내부의 경계가 사라지고 진정한 탈주는 시작된다. 벽이 지닌 가장 큰 위험성은 벽을 부숴도 소용없다는 좌절감을 심어주는 것이다. 어차피 벽 속의 또 다른 벽돌이 될지라도 이전의 벽을 허물고 새롭게 만드는 벽 속에서의 벽돌은 재배열되거나 새롭게 조합된다. 탈주의 진정한 어려움은 그것이 중단되어서는 안 된다는 데에 있다. 끊임없이 움직이는 것만이 진정한 탈주이다. 허물어져도 또다시 벽이 생기는 한 탈주 또한 계속되어야 한다. 이런 사실들을 알려주는 것이 바로 조경란의 『움직임』이다.

가족을 버리거나 떠나는 것은 오히려 쉽다. 그러나 그런 움직임은 가족 자체를 바꾸지는 못한다는 점에서 부정적이고 한계가 있다. 자신이 떠난 자리에 다른 사람이 와도 가족의 성격 자체가 바뀌지 않으면 새로운 사람도 이전 사람과 동일한 짐을 져야 하고, 그 사람 또한 그 짐 때문에 언젠가는 다시 가족을 떠날 것이다. 고통의 본질이나 총량은 변하지 않았기 때문이다. 이모가 떠나도 '나'의 일상에 변화가 없는 것도 이런 이유 때문이다. '나'의 변화는 나 자신으로부터 시작되어야 한다. 하기에 자신이 있는 자리에서 벗어나지 않으면서 자신을 변화시키고 자신의 영역을 확대하는 것이 중요하다.

이처럼 필요없다는 의미에서가 아니라 기존의 관념과는 다르다는 의미에서 '가족의 종언'을 선언하는 조경란은 조그마한 점들이 모여 한 폭의 그림이 되는 점묘화로 무덤에서 요람으로 이동 중인 가족의 모습을 그린다. 흩어져 있지만 모으면 하나의 그림이 되는 문체, 끊어질 듯 이어지는 문체, 특별히 강조되는 부분이나 감정이 넘치는 부분이 없는 문체, 멀리서 그리고 나중에 보아야 그 실체가 더 분명해지는 문체, 말하지 않고 보여주는 문체, 엘리베이터가 아니라 에스컬레이터로 이동하는 문체, 질문 자체가 대답에 가까운 문체, 과거에 대한 회상이나 보고가 아니라 현재 일어나고 있는 심리나 사건의 진행형으로 이루어진 문체—. 이런 문체들로 조경란은 가족 자체가 악마가 인간을 시험하기 위해 만든 거대한 음모임을 알려준다. 이런 저주에 걸린 가족들을 위해 조경란이 마련한 마법을 푸는 주문이 바로 그녀의 다른 작품인 「사소한 날들의 기록」에 나오는 성 프란체스코의 기도문이다. "제가 변경할 수 없는 것은 그것을 받아들일 수 있는 평화로운 마음을 주시옵고, 제가 변화시킬 수 있는 일을 위해서는 그것에 도전하는 용기를 주시옵고, 또한 그 둘을 구별할 수 있는 지혜를 내려주옵소서." 『움직임』은 자식을 죽이느니 차라리 포기하는 생모生母를 구별해내 진짜 가족이란 무엇인지를 알려주는 솔로몬의 지혜에게 바쳐진 헌사이다.

초판 1쇄　　1998년 12월　8일
개정판 1쇄　2024년　5월　7일

지은이 조경란
펴낸이 박진숙 | **펴낸곳** 작가정신
편집 황민지 | **디자인** 이현희 | **마케팅** 김영란
재무 이기은 | **인쇄 및 제본** 한영문화사

주소 (10881) 경기도 파주시 광인사길 143 2층
대표전화 031-955-6230 | **팩스** 031-955-6294
이메일 editor@jakka.co.kr | **블로그** blog.naver.com/jakkapub
페이스북 facebook.com/jakkajungsin
인스타그램 instagram.com/jakkajungsin
출판 등록 제406-2012-000021호

ISBN 979-11-6026-342-8 03810